东坡乐府

雅　集

[宋] 苏轼　著

[清] 朱孝臧　辑校

四川文艺出版社

目录

序

词之有南、北宋，以世言也；曰秦、柳，曰姜、张，以人言也。若东坡之于北宋，稼轩之于南宋，并独树一帜，不域于世，亦与他家绝殊，世第以豪放目之，非知苏、辛者也。顾二家专刻，世不恒有，坡词尤鲜善本。古微前辈，词家之南董也，酷嗜坡词。乃取世所传毛、王二刻，订讹补阙，以年为经而纬以词。既定本，属煦一言简端。煦嗜坡词，与前辈同。综其旨要，厥有四难。词尚要眇，不贵质实，显者约之使隐，直者揉之使曲，一或不善，钩辀格磔，比于禽言，扑朔迷离，或侪兔迹。而东坡，独往独来，一空羁靮，如列子御风，以游无穷；如藐姑射神人，吸风饮露，而超乎六合之表，其难一也。词有二派，曰刚与柔。毗刚者，斥温厚为妖冶；毗柔者，目纵轶为粗犷。而东坡，刚亦不吐，柔亦不茹。缠绵芳悱，树秦、柳之前旃；空灵动荡，导姜、张之大辂，唯其所之，皆为绝诣，其难二也。文不苟作，寄托寓焉，所谓文外有事在也。于词亦然。然世非怀、襄，而效灵均《九歌》之奏；时非天宝，而拟杜陵八哀之篇。无病而呻，识者恫之。而东坡夙负时望，横遭谗口，连蹇廿年，飘萧万里，酒边花下，其忠爱之诚，幽忧之隐，磅礴郁积于方寸间者，时一流露，若有意，若无意；若可知，若不可知。后之读者，莫不皋然思，逌然会，而得其不得已之故，非无病而呻者比，其难三也。夫侧艳之作，止以导淫；悠缪之辞，或将损性。拘墟小儒，悬为徽纆。而东坡涉乐必笑，言哀已叹。暗香水殿，时轸旧国之思；缺月疏桐，空吊幽人之影。皆属寓言，无惭大雅，其难四也。

噫！东坡往矣。前辈早登鹤禁，晚栖虎阜，沉冥自放，聊乞玉局之祠；峭直不阿，几蹈乌台之案。其于东坡，若合符契。今《乐府》一刻，殆亦有旷百世而相感者乎？若夫校订之审，笺注之精，则前辈发其凡矣，此不具书。

时宣统二年庚戌夏五月

金坛冯煦

凡例

一、东坡词今行世者，只毛氏汲古阁、王氏四印斋二本。毛跋谓得金陵刊本，未详所自。王刻从元延祐云间本出，较为近古，中有十首为汲古所未载，而汲古多于元刻者六十一首。今以元刻为主，毛本异文著于词后，元刻之确为讹阙者，则依毛本正之。

二、旧本分调编次，今依编年体例。以傅藻（钱塘丁氏《藏书志》作傅藻）《纪年录》、王宗稷《年谱》，皆出南宋人手，自足征信；近则王文诰《苏诗总案》搜辑最详。合此三家，证以题注，参酌审定，大凡可考者，十之六七。因仿冯孟亭注玉溪生诗例，以无从编年者，别为一卷，仍依元刻以调类列其间。元刻与毛本互有出入，悉为标注。

三、诗集互见。如《瑞鹧鸪》《阳关曲》，据《苕溪渔隐丛话》，谓唐初歌词所存，止此二调，则归诸词集为允。琴曲《醉翁操》，元本、毛本所无，竹垞《词综》始录之。案，稼轩拟《醉翁操》，编入词集，白石《歌曲》亦有琴曲《古怨》，坡词自可据补。又《诗集》中《渔父》四首，谱律诸书俱未收录，然音拍则确为长短句也，今亦编入。至其单词断句，如"谁教幽梦里插他花"见诸《诗集》施注；“喜鹊桥成催凤驾，天为欢迟，乞与新凉夜”见诸《岁时广记》之类，未遑搜辑也。

四、集中有误入他人之作。金绛人孙安常注苏词，尝删去《无愁可解》之类五十六首，元遗山称为完本。今孙本已佚，不知何者为其所删，兹据毛本删去者，附注调下。元刻中有五首即为毛氏所已删，顾尚疑其未尽，如《意难忘》之“花拥鸳房”、《雨中花慢》之“邃院重帘”“嫩脸羞蛾”二首，不类坡词，苦无显证。若《瑶池宴》一首，《乐府雅词拾遗》作廖明略词，本集杂书琴曲《赠季常》则称或作“闺怨飞花成阵”云云，其非公词无疑。又《全芳备祖》之《菩萨蛮·赋梅花》《踏青游·赋草》，《词统》之《踏青游·赠妓崔念四》三词，皆托名公作，并可削而不论矣。

五、毛本标题，如《减字木兰花·郑庄好客》一首云：“东坡分牒”；《双龙对起》一首云：“子瞻为郡”，阑入他人语意，多出宋人杂说。至《贺新郎》之“营妓秀兰”、《卜算子》之“温都监女”，依托谬妄，并违词中本旨。又如《满庭芳》之“警悟”、《三部乐》之“情景”及“即事”，寓意送别感旧之类，皆沿选家陋习，今一依元刻正之。元刻亦间有非公原本者，如《浣溪沙·雪颔霜髯》一首云：“公守湖”；《南歌子·师唱谁家》一首云：“冷斋夜话”；《虞美人·湖山信是》一首云：“子瞻即席”；《翻香令》云：“此老人自制腔”等题，并为移注词后。

六、傅、王诸家，谱录考核虽详，漏误间亦未免。如《定风波·后六客词》叙云："凡十五年，再过吴兴"乃己巳所作，而《纪年录》误为甲寅；《渔家傲·送客》一首，王文诰云"送江公著赴台州"，而公著实未为台守。斯类并为更订。

七、元本、毛本已有舛异。坡词为世传诵，宋人诗话说部征引既繁，复有墨迹、石刻字句悬区，殆不胜校，略采要实附著于篇，至其同时交游事迹，亦间录存，以资考证。

亡兄子瞻端明墓志铭

予兄子瞻，谪居海南。四年春正月，今天子即位，推 1100
恩海内，泽及鸟兽。夏六月，公被命渡海北归。明年，1101
舟至淮浙，秋七月，被病，卒于毗陵。吴越之民相与
哭于市，其君子相与吊于家。讣闻四方，无贤愚皆咨
嗟出涕，太学之士数百人，相率饭僧惠林佛舍。呜呼，
斯文坠矣，后生安所复仰！公始病，以书属辙曰：“即
死，葬我嵩山下，子为我铭。”辙执书哭曰：“小子忍
铭吾兄！”

公讳轼，姓苏氏，字子瞻，一字和仲。世家眉山。曾
大父讳杲，赠太子太保。妣宋氏，追封昌国太夫人。
大父讳序，赠太子太傅。妣史氏，追封嘉国太夫人。
考讳洵，赠太子太师。妣程氏，追封成国太夫人。公 1045
生十年，而先君宦学四方，太夫人亲授以书，闻古今
成败，辄能语其要。太夫人尝读《东汉史》，至《范滂
传》，慨然太息。公侍侧，曰：“轼若为滂，夫人亦许
之否乎？”太夫人曰：“汝能为滂，吾顾不能为滂母
耶？”公亦奋厉有当世志。太夫人喜曰：“吾有子矣！”

比冠，学通经史，属文日数千言。

嘉祐二年，欧阳文忠公考试礼部进士，疾时文之诡 1057
异，思有以救之。梅圣俞时与其事，得公《论刑赏》，
以示文忠。文忠惊喜，以为异人，欲以冠多士，疑曾
子固所为。子固，文忠门下士也。乃置公第二。复以
《春秋》对义居第一。殿试中乙科，以书谢诸公。文
忠见之，以书语圣俞曰：“老夫当避此人，放出一头
地。”士闻者始哗不厌，久乃信服。丁太夫人忧，终丧。
五年，授河南福昌主簿。文忠以直言荐之秘阁，试六 1060
论。旧不起草，以故文多不工。公始具草，文义粲然，
时以为难。比答制策，复入三等。除大理评事，签书 1061
凤翔府判官。长吏意公文人，不以吏事责之，公尽心
其职，老吏畏服。关中自元昊叛命，人贫役重，岐下
岁以南山木筏自渭入河，经底柱之险，衙前以破产者
相继也。公遍问老校，曰：“木筏之害，本不至此。若
河、渭未涨，操筏者以时进止，可无重费也。患其乘
河、渭之暴，多方害之耳。”公即修衙规，使衙前得自
择水工。筏行无虞，乃言于府，使得系籍。自是衙前
之害减半。

治平二年，罢还，判登闻鼓院。英宗在藩闻公名，欲 1065
以唐故事召入翰林，宰相限以近例，欲召试秘阁。上
曰：“未知其能否，故试。如苏轼有不能耶？”宰相犹

不可。及试二论，皆入三等，得直史馆。丁先君忧，
服除，时熙宁二年也。王介甫用事，多所建立。公与 1069
介甫议论素异，既还朝，置之官告院。四年，介甫欲 1071
变更科举，上疑焉，使两制三馆议之。公议上，上悟
曰：“吾固疑此，得苏轼议，意释然矣。”即日召见，问
何以助朕。公辞避久之，乃曰：“臣窃意陛下求治太
急，听言太广，进人太锐。愿陛下安静以待物之来，
然后应之。”上竦然听受，曰：“卿三言，朕当详思之。”
介甫之党皆不悦，命摄开封推官，意以多事困之。公
决断精敏，声闻益远。会上元，有旨市浙灯，公密疏，
旧例无有，不宜以玩好示人。即有旨罢。殿前初策进
士，举子希合，争言祖宗法制非是。公为考官，退，
拟答以进，深中其病。自是论事愈力，介甫愈恨。御
史知杂事者，乃诬奏公过失，穷治无所得。公未尝以
一言自辩，乞外任避之，通判杭州。是时，四方行青 1072
苗、免役、市易，浙西兼行水利、盐法。公于其间，常
因法以便民，民赖以少安。高丽入贡使者凌蔑州郡，
押伴使臣皆本路管库，乘势骄横，至与钤辖亢礼。公
使人谓之曰：“远夷慕化而来，理必恭顺，今乃尔暴
恣，非汝导之，不至是也。不悛，当奏之。”押伴者惧，
为之小戢。使者发币于官吏，书称甲子，公却之曰：
“高丽于本朝称臣，而不禀正朔，吾安敢受？”使者
亟易书称熙宁，然后受之。时以为得体。吏民畏爱，
及罢去，犹谓之学士，而不言姓。

自杭徙知密州，时方行手实法，使民自疏财产以定户等，又使人得告其不实。司农寺又下诸路，不时施行者以违制论。公谓提举常平官曰："违制之坐，若自朝廷，谁敢不从？今出于司农，是擅造律也，若何？"使者惊曰："公姑徐之。"未几，朝廷亦知手实之害，罢之。密人私以为幸。郡尝有盗窃发而未获，安抚转运司忧之，遣一三班使臣，领悍卒数十人，入境捕之。卒凶暴恣行，以禁物诬民，入其家争斗至杀人，畏罪惊散，欲为乱。民诉之，公投其书不视，曰："必不至此。"溃卒闻之少安。徐使人招出，戮之。 1074

自密徙徐，是时河决曹村，泛于梁山泊，溢于南清河，城南两山环绕，吕梁、百步扼之，汇于城下。涨不时泄，城将败，富民争出避水。公曰："富民若出，民心动摇，吾谁与守？吾在是，水决不能败城。"驱使复入。公履屦杖策，亲入武卫营，呼其卒长，谓之曰："河将害城，事急矣，虽禁军，宜为我尽力。"卒长呼曰："太守犹不避涂潦，吾侪小人效命之秋也。"执梃入火伍中，率其徒短衣徒跣，持畚锸以出，筑东南长堤，首起戏马台，尾属于城。堤成，水至堤下，害不及城，民心乃安。然雨日夜不止，河势益暴，城不沉者三板。公庐于城上，过家不入，使官吏分堵而守，卒完城以闻。复请调来岁夫，增筑故城，为木岸，以虞水之再至。朝廷从之。讫事，诏褒之。徐人至今思焉。 1077

徙知湖州，以表谢上。言事者擿其语以为谤，遣官逮 1079
赴御史狱。初，公既补外，见事有不便于民者，不敢
言，亦不敢默视也，缘诗人之义，托事以讽，庶几有
补于国。言者从而媒孽之。上初薄其过，而浸润不止，
是以不得已，从其请。既付狱吏，必欲置之死，锻炼
久之，不决。上终怜之，促具狱，以黄州团练副使安
置。公幅巾芒屩，与田父野老相从溪谷之间，筑室于 1081
东坡，自号东坡居士。五年，上有意复用，而言者沮 1082
之。上手札徙汝州，略曰："苏轼黜居思咎，阅岁滋深，
人材实难，不忍终弃。"未至，上书自言有饥寒之忧，
有田在常，愿得居之。书朝入，夕报可，士大夫知上
之卒喜公也。会晏驾，不果复用。

至常，以哲宗即位，复朝奉郎，知登州。至登，召为 1085
礼部郎中。公旧善门下侍郎司马君实及知枢密院章
子厚，二人冰炭不相入。子厚每以谑侮困君实，君实
苦之，求助于公。公见子厚曰："司马君实时望甚重。
昔许靖以虚名无实，见鄙于蜀先主，法正曰：'靖之
浮誉，播流四海，若不加礼，必以贱贤为累。'先主纳
之，乃以靖为司徒。许靖且不可慢，况君实乎？"子
厚以为然，君实赖以少安。既而朝廷缘先帝意，欲用
公，除起居舍人。公起于忧患，不欲骤履要地，力辞
之，见宰相蔡持正自言。持正曰："公徊翔久矣，朝
中无出公右者。"公固辞，持正曰："今日谁当在公前

者？”公曰：“昔林希同在馆中，年且长。”持正曰：“希固当先公耶？”卒不许。然希亦由此继补记注。

元祐元年，公以七品服入侍延和，即改赐银绯。二月，迁中书舍人。时君实方议改免役为差役。差役行于祖宗之世，法久多弊。编户充役不习，府官吏虐使之，多以破产，而狭乡之民，或有不得休息者。先帝知其然，故为免役，使民以户高下出钱，而无执役之苦。行法者不循上意，于雇役实费之外，取钱过多，民遂以病。若量出为入，毋多取于民，则足矣。君实为人，忠信有余而才智不足，知免役之害而不知其利，欲一切以差役代之。方差官置局，公亦与其选，独以实告，而君实始不悦矣。尝见之政事堂，条陈不可，君实忿然。公曰：“昔韩魏公刺陕西义勇，公为谏官，争之甚力，魏公不乐，公亦不顾。轼昔闻公道其详，岂今日作相，不许轼尽言耶？”君实笑而止。公知言不用，乞补外，不许。君实始怒，有逐公意矣，会其病卒乃已。时台谏官多君实之人，皆希合以求进，恶公以直形己，争求公瑕疵。既不可得，则因缘熙宁谤讪之说以病公。公自是不安于朝矣。 1086

寻除翰林学士。二年，复除侍读。每进读，至治乱盛衰、邪正得失之际，未尝不反复开导，觊上有所觉悟。上虽恭默不言，闻公所论说，辄首肯喜之。三年，权 1087 1088

知礼部贡举。会大雪苦寒，士坐庭中，噤不能言。公宽其禁约，使得尽其技。而巡铺内臣伺其坐起，过为凌辱，公以其伤动士心，亏损国体，奏之。有旨送内侍省挞而逐之，士皆悦服。尝侍上读祖宗宝训，因及时事，公历言今赏罚不明，善恶无所劝沮；又黄河势方西流，而强之使东；夏人寇镇戎，杀掠几万人，帅臣掩蔽不以闻，朝廷亦不问。事每如此，恐浸成衰乱之渐。当轴者恨之。公知不见容，乞外任。四年，以 1089
龙图阁学士知杭州。时谏官言，前宰相蔡持正知安州，作诗借郝处俊事以讥刺时事，大臣议逐之岭南。公密疏言，朝廷若薄确之罪，则于皇帝孝治为不足；若深罪确，则于太皇太后仁政为小累。谓宜皇帝降敕，置狱逮治，而太皇太后内出手诏赦之，则仁孝两得矣。宣仁后心善公言而不能用。公出郊，未发，遣内侍赐龙茶、银合，用前执政恩例，所以慰劳甚厚。

及至杭，吏民习公旧政，不劳而治。岁适大旱，饥疫并作，公请于朝，免本路上供米三之一，故米不翔贵。复得赐度僧牒百，易米以救饥者。明年方春，即减价 1090
粜常平米，民遂免大旱之苦。公又多作馆粥、药剂，遣吏挟医，分坊治病，活者甚众。公曰："杭，水陆之会，因疫病死比他处常多。"乃裒羡缗，得二千，复发私橐，得黄金五十两，以作病坊，稍畜钱粮以待之，至于今不废。是秋复大雨，太湖泛溢，害稼。公度来岁必饥，复请于朝，乞免上供米半。又多乞度牒，以粜常平米，并义仓所有，皆以备来岁出粜。朝廷多从之，由是吴越之民复免流散。

杭本江海之地，水泉咸苦，居民稀少。唐刺史李泌始引西湖水作六井，民足于水，故井邑日富。及白居易复浚西湖，放水入运河，自河入田，所溉至千顷。然湖水多葑，自唐及钱氏，岁辄开治，故湖水足用。近岁废而不理，至是湖中葑田，积二十五万余丈，而水无几矣。运河失湖水之利，则取给于江潮，潮浑浊多淤，河行阛阓中，三年一淘，为市井大患，而六井亦几废。公始至，浚茅山、盐桥二河，以茅山一河专受江潮，以盐桥一河专受湖水。复造堰闸，以为湖水畜泄之限，然后潮不入市。且以余力复完六井，民稍获其利矣。公间至湖上，周视良久，曰："今欲去葑田，葑田如云，将安所置之？湖南北三十里，环湖往来，终日不达，若取葑田积之湖中，为长堤以通南北，则葑田去而行者便矣。吴人种菱，春辄芟除，不遗寸草。葑田若去，募人种菱，收其利以备修湖，则湖当不复湮塞。"乃取救荒之余，得钱粮以贯石数者万，复请于朝，得百僧度牒，以募役者。堤成，植芙蓉杨柳其上，望之如图画，杭人名之苏公堤。

1090

杭僧有净源者，旧居海滨，与舶客交通牟利，舶至高丽，交誉之。元丰末，其王子义天来朝，因往拜焉。至是源死，其徒窃持其画像，附舶往告，义天亦使其徒附舶来祭。祭讫，乃言国母使以金塔二，祝皇帝、太皇太后寿。公不纳，而奏之曰："高丽久不入贡，失赐予厚利，意欲来朝，以未测朝廷所以待之薄厚，故因祭亡僧而行祝寿之礼，礼意鲜薄，盖可见矣。若受而不答，则远夷或以怨怒；因而厚赐之，正堕其计。臣谓朝廷宜勿与知，而使州郡以理却之。然庸僧猾商，敢擅招诱外夷，邀求厚利，为国生事，其渐不可长，宜痛加惩创。"朝廷皆从之。未几，高丽贡使果至。公按旧例，使之所至，吴越七州，实费二万四千余缗，而民间之费不在，乃令诸郡量事裁损。比至，民获交易之利，而无侵扰之害。

浙江潮自海门东来，势如雷霆，而浮山峙于江中，与渔浦诸山犬牙相错，洄洑激射，岁败公私船不可胜计。公议自浙江上流地名石门，并山而东，凿为运河，引浙江及溪谷诸水二十余里以达于江。又并山为岸，不能十里，以达于龙山之大慈浦，自浦北折抵小岭，凿岭六十五丈，以达于岭东古河，浚古河数里，以达于龙山运河，以避浮山之险。人皆以为便。奏闻，有恶公成功者。会公罢归，使代者尽力排之，功以不成。公复言，三吴之水，潴为太湖，太湖之水，溢为松江以入海。海日两潮，潮浊而江清，潮水尝欲淤塞江路，而江水清驶，随辄涤去，海口常通，则吴中少水患。昔苏州以东，公私船皆以篙行，无陆挽者。自庆历以来，松江大筑挽路，建长桥以扼塞江路，故今三吴多水。欲凿挽路为千桥，以迅江势。亦不果用，人皆恨之。公二十年间再莅此州，有德于其人，家有画像，饮食必祝，又作生祠以报。

六年，召入为翰林承旨，复侍迩英。当轴者不乐，风御史攻公。公之自汝移常也，受命于宋，会神考晏驾，哭于宋，而南至扬州。常人为公买田，书至，公喜，作诗，有“闻好语”之句，言者妄谓公闻讳而喜，乞加深谴。然诗刻石有时日，朝廷知言者之妄，皆逐之。公惧，请外补，乃以龙图阁学士守颍。先是开封诸县多水患，吏不究本末，决其陂泽，注之惠民河，河不能胜，则陈亦多水。至是又将凿邓艾沟，与颍河并，且凿黄堆，注之于淮，议者多欲从之。公适至，遣吏以水平准之，淮之涨水高于新沟几一丈，若凿黄堆，淮水顾流浸州境，决不可为。朝廷从之。郡有宿贼尹遇等数人，群党惊劫，杀变主及捕盗吏兵者非一。朝廷以名捕不获，被杀者噤不敢言。公召汝阴尉李直方，谓之曰：“君能擒此，当力言于朝，乞行优赏。不获，亦以不职奏免君矣。”直方退，缉知群盗所在，分命弓手往捕其党，而躬往捕遇。直方有母年九十，母子泣别而行，手戟刺而获之。然小不应格，推赏不及，公

1091

为言于朝，请以年劳改朝散郎阶为直方赏。朝廷不从。其后吏部以公当迁，以符会考，公自谓已许直方，卒不报。

七年，徙扬州。发运司旧主东南漕法，听操舟者私载物货，征商不得留难。故操舟者富厚，以官舟为家，补其弊漏，而周船夫之乏困，故其所载，率无虞而速达。近岁不忍征商之小失，一切不许，故舟弊人困，多盗所载，以济饥寒，公私皆病。公奏乞复故，朝廷从之。未阅岁，以兵部尚书召还，兼侍读。是岁，亲视南郊，为卤簿使，导驾入太庙。有贵戚以其车从争道，不避仗卫，公于车中劾奏之。明日，中使传命，申敕有司，严整仗卫。寻迁礼部，复兼端明殿、翰林侍读二学士。高丽遣使请书于朝，朝廷以故事，尽许之。公曰："汉东平王请诸子及《太史公书》，犹不肯予，今高丽所请有甚于此，其可予之乎？"不听。公临事必以正，不能俯仰随俗，乞守郡自效。

1092

1092

八年，以二学士知定州。定久不治，军政尤弛，武卫卒骄惰不教，军校蚕食其廪赐，故不敢何问。公取其贪污甚者，配隶远恶，然后缮修营房，禁止饮博。军中衣食稍足，乃部勒以战法，众皆畏服。然诸校多不自安者，有卒史复以赃诉其长，公曰："此事吾自治则可，汝若得告，军中乱矣。"亦决配之，众乃定。会春

1093

大阅，军礼久废，将吏不识上下之分。公命举旧典，元帅常服坐帐中，将吏戎服，奔走执事。副总管王光祖自谓老将，耻之，称疾不出。公召书吏作奏，将上，光祖震恐而出。讫事，无敢慢者。定人言："自韩魏公去，不见此礼至今矣。"北戎久和，边兵不试，临事有不可用之忧，惟沿边弓箭社兵，与寇为邻，以战射自卫，犹号精锐。故相庞公守边，因其故俗，立队伍将校，出入赏罚，缓急可使。岁久法弛，复为保甲所挠，渐不为用。公奏为免保甲及两税，折变科配，长吏以时训劳。不报，议者惜之。

时方例废旧人，公坐为中书舍人日，草责降官制，直书其罪，诬以谤讪，绍圣元年，遂以本官知英州，寻 1094
复降一官。未至，复以宁远军节度副使安置惠州。公以侍从齿岭南编户，独以少子过自随。瘴疠所侵，蛮蜑所侮，胸中泊然，无所蒂芥。人无贤愚，皆得其欢心，疾苦者畀之药，殒毙者纳之竁，又率众为二桥，以济病涉者，惠人爱敬之。居三年，大臣以流窜者为未足也，四年，复以琼州别驾安置昌化。昌化非人所 1097
居，食饮不具，药石无有。初僦官屋，以庇风雨，有司犹谓不可，则买地筑室，昌化士人畚土运甓以助之，为屋三间。人不堪其忧，公食芋饮水，著书以为乐。时从其父老游，亦无间也。

元符三年，大赦，北还。初徙廉，再徙永，已乃复朝 1100
奉郎，提举成都玉局观，居从其便。公自元祐以来，
未尝以岁课乞迁，故官止于此，勋上轻车都尉，封武
功县开国伯，食邑九百户。将居许，病暑，暴下，中
止于常。建中靖国元年六月，请老，以本官致仕，遂 1101
以不起。未终旬日，独以诸子侍侧，曰："吾生无恶，
死必不坠，慎无哭泣以怛化。"问以后事，不答，湛然
而逝，实七月丁亥也。公娶王氏，追封通义郡君，继
室以其女弟，封同安郡君，亦先公而卒。子三人，长
曰迈，雄州防御推官，知河间县事。次曰迨，次曰过，
皆承务郎。孙男六人，箪、符、箕、籥、筌、筹。明年
闰六月癸酉，葬于汝州郏城县钧台乡上瑞里。 1102

公之于文，得之于天。少与辙皆师先君，初好贾谊、陆贽书，论古今治乱，不为空言。既而读《庄子》，喟然叹息曰："吾昔有见于中，口未能言，今见《庄子》，得吾心矣。"乃出《中庸论》，其言微妙，皆古人所未喻。尝谓辙曰："吾视今世学者，独子可与我上下耳。"既而谪居于黄，杜门深居，驰骋翰墨，其文一变，如川之方至，而辙瞠然不能及矣。后读释氏书，深悟实相，参之孔、老，博辩无碍，浩然不见其涯也。先君晚岁读《易》，玩其爻象，得其刚柔、远近、喜怒、逆顺之情，以观其词，皆迎刃而解。作《易传》，未完，疾革，命公述其志。公泣受命，卒以成书，然后千载

之微言，焕然可知也。复作《论语说》，时发孔氏之秘。最后居海南，作《书传》，推明上古之绝学，多先儒所未达。既成三书，抚之曰："今世要未能信，后有君子当知我矣。"至其遇事所为诗、骚、铭、记、书、檄、论、撰，率皆过人。有《东坡集》四十卷，《后集》二十卷，《奏议》十五卷，《内制》十卷，《外制》三卷。公诗本似李、杜，晚喜陶渊明，追和之者几遍，凡四卷。幼而好书，老而不倦，自言不及晋人，至唐褚、薛、颜、柳，仿佛近之。

平生笃于孝友，轻财好施。伯父太白早亡，子孙未立，杜氏姑卒未葬，先君没，有遗言。公既除丧，即以礼葬姑。及当可荫补，复以奏伯父之曾孙彭。其于人，见善称之，如恐不及，见不善斥之，如恐不尽，见义勇于敢为，而不顾其后，用此数困于世，然终不以为恨。孔子谓伯夷、叔齐，古之贤人，曰："求仁而得仁，又何怨？"公实有焉。铭曰：

苏自栾城，西宅于眉。世有潜德，而人莫知。猗与先君，名施四方。公幼师焉，其学以光。出而从君，道直言忠。行险如夷，不谋其躬。英祖擢之，神考试之。亦既知矣，而未克施。晚侍哲皇，进以诗书。谁实间之，一斥而疏。公心如玉，焚而不灰。不变生死，孰为去来。古有微言，众说所蒙。手发其枢，恃此以终。

心之所涵，遇物则见。声融金石，光溢云汉。耳目同是，举世毕知。欲造其渊，或眩以疑。绝学不继，如已断弦。百世之后，岂无其贤。我初从公，赖以有知。抚我则兄，诲我则师。皆迁于南，而不同归。天实为之，莫知我哀！

弟苏辙撰

1036年 宋仁宗景祐三年	
1039年 宋仁宗宝元二年	
1043年 宋仁宗庆历三年	参知政事范仲淹主持庆历新政。
1044年 宋仁宗庆历四年	滕子京御李元昊有功，遭不实之论，以功而下狱降职。
1045年 宋仁宗庆历五年	庆历新政失败，范仲淹、韩琦、欧阳修等人相继被贬黜。是年，黄庭坚生。
1047年 宋仁宗庆历七年	
1049年 宋仁宗皇祐元年	是年，秦观生。
1054年 宋仁宗至和元年	张方平镇蜀，与苏洵结交，后荐苏氏父子三人。是年，张耒生。
1056年 宋仁宗嘉祐元年	
1057年 宋仁宗嘉祐二年	
1059年 宋仁宗嘉祐四年	
1061年 宋仁宗嘉祐六年	
1063年 宋仁宗嘉祐八年	是年，与陈希亮子陈季常结交。
1065年 宋英宗治平二年	
1066年 宋英宗治平三年	
1067年 宋英宗治平四年	是年正月，英宗崩，神宗即位。六月，始下诏议役法。
1068年 宋神宗熙宁元年	宋神宗召见王安石，酝酿变法。
1069年 宋神宗熙宁二年	二月，王安石任参知政事，设“制置三司条例司”，议行新法。 四月，诏议更学校贡举之法。
1070年 宋神宗熙宁三年	八月，侍御史知杂事谢景温（与王安石为姻亲）诬奏苏轼此前丁父忧归蜀，往还多乘舟，载物货卖私盐等事，后查无实据。
1071年 宋神宗熙宁四年	同年，王安石变法引起的新旧党争愈演愈烈。

1岁：生于眉山，父苏洵是年28岁，母程氏27岁。乳母任采莲。

4岁：弟苏辙生。

8岁：从张易简读书。读石介《庆历圣德诗》，仰慕韩琦、范仲淹、富弼、欧阳修为人。

9岁：弟苏辙始入学，兄弟二人至出蜀前，或切磋琢磨，或登山临水，未曾相舍。

10岁：母程氏亲授苏轼兄弟以书，“以气节勉二子，不发宿藏，不残鸟雀，以身教”。苏轼“发奋有当世之志”。

12岁：父苏洵科考落第，南游庐山等地。八月，祖父苏序卒，父苏洵、伯父苏涣奔丧回蜀，苏轼兄弟深受苏涣教益。

14岁：父苏洵作《名二子说》，论二子名由。

19岁：娶四川青神县进士王方之女王弗为妻。

21岁：与父洵、弟辙赴京应试。至成都，拜谒张方平。方平撰书荐洵于欧阳修，以六科勉苏轼兄弟。五六月间，抵京师。苏轼以第二名获开封府解，苏辙亦中。

22岁：与弟辙同科进士及第，所作《刑赏忠厚之至论》受到主考官欧阳修、梅尧臣赏识。四月，母程氏卒，讣至，父子仓皇奔丧返蜀，兄弟二人守孝三年。

24岁：七月，服丧期满。九月，苏轼兄弟携眷，侍父洵离蜀返京，一路沿岷江、长江行舟向东往京师。父子三人途中所作诗文集为《南行前集》，苏轼作序。同年，苏轼长子苏迈生。

26岁：苏洵父子汇江陵至京师途中所作诗赋五十二篇，为《南行后集》，苏辙作引。苏轼兄弟举“贤良方正能直言极谏”科，苏轼入三等，除签书凤翔府判官。十二月，到凤翔府签判任。

28岁：三月，仁宗崩。四月，赵曙即位，是为宋英宗。八月，王安石母卒，苏洵不往吊，作《辨奸论》，苏轼兄弟有“嘻其甚矣”之谏。

30岁：二月，凤翔签判任满还朝，除判登闻鼓院。五月，妻王弗卒于汴京。

31岁：四月，父洵卒。洵临终，命苏轼完成《易传》等，泣受命。六月，遵父命，葬妻王弗于母程夫人墓侧，作墓志铭。

32岁：护父洵丧还里，撰祖父序之行状。

33岁：七月，除父丧，离蜀返京。续娶王介幼女、王弗堂妹王闰之。

34岁：五月，上《议学校贡举状》，论贡举法不当轻改。议上，神宗即日召见，欲以苏轼修《中书条例》，王安石以为不宜轻用。后神宗欲起用苏轼，为王安石所阻。是岁冬，上神宗皇帝书，论新法不便。

35岁：二月，再上神宗皇帝书，论新法不可行，请求罢免王安石。神宗皇帝，力排众议，支持王安石。是岁，次子苏迨生。

36岁：六月，请外任，得杭州通判任。七月，途经陈州，与弟苏辙晤。九月，离陈州，张方平有送行诗，劝以离是非远祸害。十一月，到杭州通判任。初到任，寄弟辙二绝，叙新法事烦，才力不胜。

示及

石頭橋　堋頭兩處墳塋安穩

照管程六小心，啟惟頻與提舉是要

非久求蜀中一郡歸去相見未間惟

保愛保愛不宣　軾手啟上

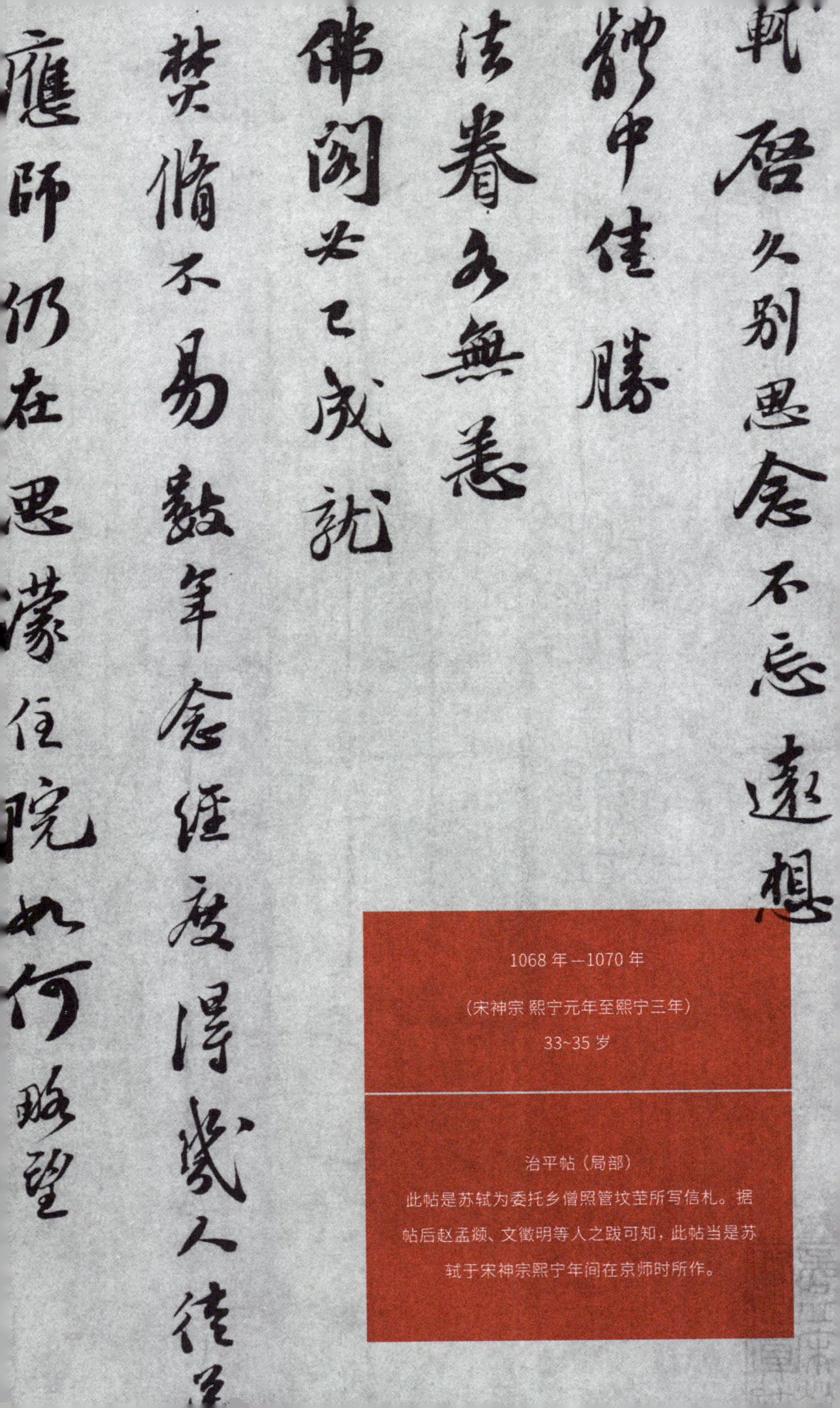

1068 年—1070 年

（宋神宗 熙宁元年至熙宁三年）

33~35 岁

治平帖（局部）

此帖是苏轼为委托乡僧照管坟茔所写信札。据帖后赵孟頫、文徵明等人之跋可知，此帖当是苏轼于宋神宗熙宁年间在京师时所作。

1072

卷一

37～46岁

1081

1072

壬子，宋神宗熙宁五年，

37 岁

在杭州通判任。

与友人通信中多次表达不满王安石新学。

四月，

三子苏过生。

闰七月，

欧阳修卒。

闻讣后哭于惠勤之室，为文祭之。

是岁，

始见黄庭坚诗文于孙觉座上。

晁补之拜入门下，“为补之优游讲析，不记寝食”。

浪淘沙

昨日出东城，
试探春情。
墙头红杏暗如倾。
槛内群芳芽未吐，
早已回春。

绮陌敛香尘，
雪霁前村。
东君用意不辞辛。
料想春光先到处，
吹绽梅英。

【校】元本无，毛本题作“探春”。

【注】王文诰《苏诗总案》※：熙宁五年壬子正月，城外探春作。又曰：此倅杭作，而年无所考，首载于此。今从其说。

※王文诰《苏诗总案》，下文略写作：王《案》

南歌子

八月十八日观潮

海上乘槎侣，
仙人萼绿华。
飞升元不用丹砂，
住在潮头来处渺天涯。

雷辊夫差国，
云翻海若家。
坐中安得弄琴牙。
写取余声归向《水仙》夸。

【注】王《案》：壬子八月十八日作。

1073

癸丑，宋神宗熙宁六年，

38 岁

在杭州通判任，逢大旱年。

七月立秋日，

祈雨。

是年冬，以转运司檄，

往常、润、苏、秀州赈济饥民。

周邠、柳子玉随行。

是岁，

沈括察访两浙，与苏轼论旧。

括还朝，奏苏轼近作诗皆讪怼。

行香子

过七里滩

一叶舟轻，双桨鸿惊。
水天清、影湛波平。
鱼翻藻鉴，鹭点烟汀。
过沙溪急，
霜溪冷，月溪明。

重重似画，曲曲如屏。
算当年、虚老严陵。
君臣一梦，今古空名。
但远山长，
云山乱，晓山青。

【校】元本题阙。“水”误“冰”，从毛本收补。毛本“虚”“空”二字互误。

【注】傅藻《纪年录》※：甲子十二月，同泗州太守游南山，过十里滩作。王《案》据地类编癸丑二月，谓自新城放棹桐庐，过严陵濑作。又曰：诗文事实均无经由浙江踪迹，惟新城水出浙江，樯楫所通，或由此放棹桐庐，未可知也。案词正赋子陵故事，王说较合，从之。下阕疑同时作。

※ 傅藻《纪年录》，下文略写作：《纪年录》

祝英台近

挂轻帆，飞急桨，
还过钓台路。
酒病无聊，攲枕听鸣橹。
断肠簇簇云山，
重重烟树，
回首望、孤城何处？

间离阻，谁念萦损襄王，
何曾梦云雨。
旧恨前欢，心事两无据。
要知欲见无由，
痴心犹自，
倩人道、一声传语。

【校】元本无，毛本题作“惜别”。

瑞鹧鸪

寒食未明至湖上，太守未来，两县令先在。

城头月落尚啼乌，
朱舰红船早满湖。
鼓吹未容迎五马，
水云先已漾双凫。

映山黄帽螭头舫，
夹岸青烟鹊尾炉。
老病逢春只思睡，
独求僧榻寄须臾。

【校】元本无。毛本无题，从《诗集》补。《诗集》“朱舰”作“乌榜”，“漾”作“飏”，“岸”作“道”。

【注】案《诗集》并载此词，编癸丑。

又

观潮

碧山影里小红旗，
侬是江南踏浪儿。
拍手欲嘲山简醉，
齐声争唱浪婆词。

西兴渡口帆初落，
渔浦山头日未攲。
侬欲送潮歌底曲，
尊前还唱使君诗。

【校】元本题阙。从毛本。

【注】王《案》：熙宁癸丑八月十五日观潮作。是日与陈襄同游，故落句及之。

临江仙

风水洞作

四大从来都遍满，
此间风水何疑。
故应为我发新诗。
幽花香涧谷，
寒藻舞沦漪。

借与玉川生两腋，
天仙未必相思。
还凭流水送人归。
层巅余落日，
草露已沾衣。

【注】《纪年录》：癸丑八月作。

《咸淳临安志》：风水洞在杨村慈岩院，洞极大，流水不竭。顶上又一洞。立夏清风自生，立秋则止。

1074

甲寅，宋神宗熙宁七年，

39 岁，

在杭州通判任，往常、润、苏、秀州赈灾。

六月，

自常、润还杭。

九月，

自杭州移知密州，吏民惜其去。

二十日，与南北山道友元净（辩才）等告别。

将离杭州，王朝云来归。

十月，

赴密州任途中经高邮，

晤孙觉，读秦观诗词，盛赞之。

十二月，

到密州任，上状陈蝗灾。

又上丞相韩绛书，痛陈各项新法之害民，

请京东、河北免榷盐。

本年三月，安上门监郑侠画《流民图》，

作《论新法进流民图疏》，请求废除新法，

不惜以谎报军情之法，直呈神宗。

神宗"反复观图，长吁数四，袖以入。

是夕，寝不能寐"，下《责躬诏》。

四月，王安石罢相，出知江宁府。

韩绛入相、吕惠卿任参知政事，

继续主持变法。

南乡子

晚景落琼杯。
照眼云山翠作堆。
认得岷峨春雪浪，
初来，
万顷蒲萄涨渌醅。

春雨暗阳台。
乱洒歌楼湿粉腮。
一阵东风来卷地，
吹回，
落照江天一半开。

【校】毛本题作“春情”。“春”作“暮”，“歌”作“高”。

【注】《纪年录》：甲寅，润州作。

行香子

丹阳寄述古

携手江村，梅雪飘裙。
情何限、处处消魂。
故人不见，旧曲重闻。
向望湖楼，
孤山寺，涌金门。

寻常行处，题诗千首。
绣罗衫、与拂红尘。
别来相忆，知是何人。
有湖中月，
江边柳，陇头云。

【校】毛本题作“冬思”。

【注】《纪年录》：甲寅，自京口还，寄述古作。案词云“梅雪”，应是正月赴润州过丹阳时作。

《诗集》查注：陈襄字述古，文惠公尧佐长子。《咸淳临安志》：熙宁五年五月，陈襄自陈州移知杭州。

昭君怨

金山送柳子玉

谁作桓伊三弄，
惊破绿窗幽梦。
新月与愁烟，
满江天。

欲去又还不去，
明日落花飞絮。
飞絮送行舟，
水东流。

【校】毛本题作“送别”。换头三字，元本作“人欲去”，从毛本。

【注】《纪年录》：甲寅，金山送柳子玉作。王《案》：甲寅二月，再送柳瑾作。

《诗集》查注：柳子玉名瑾，吴人，与王介甫同年。王文诰曰：瑾，丹徒人。其子仲远，中都公婿，公之妹婿也。公赴常、润赈饥，瑾往监灵仙观，因附载以行。

醉落魄

离京口作

轻云微月，
二更酒醒船初发。
孤城回望苍烟合。
记得歌时，
不记归时节。

巾偏扇坠藤床滑，
觉来幽梦无人说。
此生飘荡何时歇。
家在西南，
常作东南别。

【校】元本《醉落魄》有“醉醒醒醉”一首。毛本注：“山谷老人云‘醉醒醒醉’非东坡作。删去。”

“记得歌时”毛本作“公子佳人”。

【注】《纪年录》：甲寅作。

蝶恋花

京口得乡书

雨后春容清更丽。
只有离人，
幽恨终难洗。
北固山前三面水，
碧琼梳拥青螺髻。

一纸乡书来万里。
问我何年，
真个成归计。
回首送春拚一醉，
东风吹破千行泪。

【校】毛本题作“送春”。“后”作“过”，“回”作“白”。

【注】《纪年录》：甲寅作。

少年游

润州作，代人寄远。

去年相送，余杭门外，
飞雪似杨花。
今年春尽，杨花似雪，
犹不见还家。

对酒卷帘邀明月，
风露透窗纱。
恰似姮娥怜双燕，
分明照，画梁斜。

【校】毛本题无下四字。

【注】《纪年录》：甲寅，代人寄远作。王《案》：甲寅四月，有感雪中行役作。公以去年十一月发临平，及是春尽，犹行役未归，故托为此词。

卜算子

蜀客到江南，
长忆吴山好。
吴蜀风流自古同，
归去应须早。

还与去年人，
共藉西湖草。
莫惜尊前子细看，
应是容颜老。

【校】毛本题作“感旧”。

【注】《纪年录》：甲寅，自京口还，寄述古作。

江城子

陈直方妾嵇，钱塘人也，求新词，为作此。钱塘人好唱《陌上花》缓缓曲，余尝作数绝以纪其事。

玉人家在凤凰山。
水云间，掩门闲。
门外行人，立马看弓弯。
十里春风谁指似，
斜日映，绣帘斑。

多情好事与君还。
闵新鳏，拭余潸。
明月空江，香雾着云鬟。
陌上花开春尽也，
闻旧曲，破朱颜。

【校】毛本题"求"作"丐"，"春尽"作"看尽"。

【注】案《诗集》《陌上花三首》编癸丑，此词似为甲寅前在杭州作，酌编于此。

又

湖上与张先同赋。

凤凰山下雨初晴。
水风清，晚霞明。
一朵芙蕖，开过尚盈盈。
何处飞来双白鹭，
如有意，慕娉婷。

忽闻江上弄哀筝。
苦含情，遣谁听。
烟敛云收，依约是湘灵。
欲待曲终寻问取，
人不见，数峰青。

【注】案此词亦甲寅以前作。

虞美人

有美堂赠述古

湖山信是东南美，
一望弥千里。
使君能得几回来，
便使尊前醉倒更徘徊。

沙河塘里灯初上，
《水调》谁家唱。
夜阑风静欲归时，
惟有一江明月碧琉璃。

【校】毛本题作“陈述古守杭，已及瓜代，未交前数日，宴僚佐于有美堂，因请贰车苏子瞻赋词。子瞻即席而就，寄摊破虞美人云”。“弥”作“须”，“更”作“且”。

【注】《纪年录》：甲寅，述古将去作。王《案》：甲寅七月，陈襄将罢任，宴僚佐于有美堂作。

《庚溪诗话》：嘉祐初，梅公仪守杭，上特制诗宠赐，其首章曰：“地有湖山美，东南第一州。”梅既到杭，遂建堂山上，名曰有美。

诉衷情

送述古，迓元素。

钱塘风景古今奇，
太守例能诗。
先驱负弩何在，
心已浙江西。

花尽后，叶飞时，
雨凄凄。
若为情绪，更问新官，
向旧官啼。

【校】元本“浙”误作“暂”，从毛本。毛本“今”作“来”。

【注】《纪年录》：甲寅作。王《案》：甲寅七月，杨绘自应天来代作。

《诗集》王注：杨绘，字元素。查注：《宋史》：杨绘，绵竹人。神宗朝为御史中丞，出知亳州，历应天、杭州。

菩萨蛮

杭妓往苏，迓新守杨元素，寄苏守王规甫。

玉童西迓浮丘伯，
洞天冷落秋萧瑟。
不用许飞琼，
瑶台空月明。

清香凝夜宴，
借与韦郎看。
莫便向姑苏，
扁舟下五湖。

【校】毛本题作“杭妓往苏”。“向”作“过”。

【注】《纪年录》：甲寅作。

《吴郡志》：王诲，字规父，熙宁六年，以朝散大夫、司勋郎中知苏州。

又

灵璧寄彭门故人

娟娟缺月西南落，
相思拨断琵琶索。
枕泪梦魂中，
觉来眉晕重。

华堂堆烛泪，
长笛吹新水。
醉客各西东，
应思陈孟公。

【校】毛本题作“代妓送陈述古”。“华”作“画”。

【注】案本集《灵璧张氏园亭记》为元丰二年三月二十七日作。公至灵璧在是时也。编者案:《东坡乐府笺》将此词移编熙宁七年甲寅，云:“察词中情意，似与代妓送述古较合，改编甲寅。”从改。

江城子

孤山竹阁送述古

翠蛾羞黛怯人看。
掩霜纨，泪偷弹。
且尽一尊，收泪听《阳关》。
漫道帝城天样远，
天易见，见君难。

画堂新创近孤山。
曲阑干，为谁安。
飞絮落花，春色属明年。
欲棹小舟寻旧事，
无处问，水连天。

【校】毛本题作“述古去余杭，为去思者作”。“听”作“唱”，“创”作“构”。

【注】《纪年录》：甲寅，送述古赴南都作。王《案》：甲寅七月，与陈襄放舟湖上，宴于孤山竹阁作。

《传灯录》：乌窠禅师见秦望山有长松，枝叶繁茂，盘屈如盖，遂栖止其上。白居易出守兹郡，因入山礼谒。乃起竹阁于湖上，迎师居之。

菩萨蛮

西湖送述古

秋风湖上萧萧雨，
使君欲去还留住。
今日漫留君，
明朝愁杀人。

佳人千点泪，
洒向长河水。
不用敛双蛾，
路人啼更多。

【校】毛本题作“西湖”。“佳人”作“尊前”。

【注】《纪年录》：甲寅，送述古赴南都作。

清平乐

清淮浊汴，
更在江西岸。
红旆到时黄叶乱，
霜入梁王故苑。

秋原何处携壶，
停骖访古踟蹰。
双庙遗风尚在，
漆园傲吏应无。

【校】毛本题作“秋词”。

【注】《纪年录》：甲寅，送述古作。

南乡子

送述古

回首乱山横，
不见居人只见城。
谁似临平山上塔，
亭亭，
迎客西来送客行。

归路晚风清，
一枕初寒梦不成。
今夜残灯斜照处，
荧荧，
秋雨晴时泪不晴。

【校】毛本“归”作“临”。

【注】《纪年录》：甲寅，送述古作。王《案》：甲寅七月，追送陈襄移守南都，别于临平舟中作。

南歌子

苒苒中秋过，
萧萧两鬓华。
寓身此世一尘沙，
笑看潮来潮去了生涯。

方士三山路，
渔人一叶家。
早知身世两聱牙，
好伴骑鲸公子赋雄夸。

【校】毛本题作“再用前韵”。“此”作“化”。

【注】王《案》：甲寅八月十八日，江上观潮作。

泛金船

流杯亭和杨元素

无情流水多情客，
劝我如相识。
杯行到手休辞却，
似轩冕相逼。
曲水池上，小字更书年月。
还对茂林修竹，似永和节。

纤纤素手如霜雪，
笑把秋花插。
尊前莫怪歌声咽，
又还是轻别。
此去翱翔，遍上玉堂金阙。
欲问再来何岁，应有华发。

【校】毛本调作“劝金船”，与子野词合。题作“和元素韵自撰腔命名”。“相识”作“曾识”，“似轩冕”句作“这公道难得”，“还对”作“如对”，“上”作“赏”。元本“节”上衍“时”字，从毛本删。

【注】《纪年录》：甲寅，和元素。王《案》：甲寅九月，公以太常博士权知密州军州事，罢杭州通守任。杨绘饯别于中和堂，和韵作。

案张子野有《流杯堂唱和翰林主人元素自撰腔·劝金船》词，当是同作。中和堂在杭州，亭或近其地，非东武之流杯亭也。

南乡子

和杨元素，时移守密州。

东武望余杭，
云海天涯两渺茫。
何日功成名遂了，
还乡，
醉笑陪公三万场。

不用诉离觞，
痛饮从来别有肠。
今夜送归灯火冷，
河塘，
堕泪羊公却姓杨。

【校】毛本题无下五字。

【注】《纪年录》：甲寅，移守密，和元素。王《案》：甲寅九月，杨绘再饯别于湖上作。

又

和杨元素

凉簟碧纱厨，
一枕清风昼睡余。
睡听晚衙无个事，
徐徐，
读尽床头几卷书。

搔首赋归欤，
自觉功名懒更疏。
若问使君才与气，
何如，
占得人间一味愚。

【校】毛本题作“自述”。“睡听”作“卧听”，“个事”作“一事”，“气”作“术”。

又

梅花词，和杨元素。

寒雀满疏篱，
争抱寒柯看玉蕤。
忽见客来花下坐，
惊飞，
蹋散芳英落酒卮。

痛饮又能诗，
坐客无毡醉不知。
花谢酒阑春到也，
离离，
一点微酸已著枝。

【校】毛本“谢”作“尽”。

【注】案二词题、调皆同前首，似是一时唱和之作。

浣溪沙

自杭移密守，席上别杨元素，时重阳前一日。

缥缈危楼紫翠间，
良辰乐事古难全。
感时怀旧独凄然。

璧月琼枝空夜夜，
菊花人貌自年年。
不知来岁与谁看。

【校】元本《浣溪沙》有“风压轻云”一首，毛注是李后主作，删去。毛本题作“菊节别元素”。“古”作“苦”。

【注】《纪年录》：甲寅，答元素。

又

《白雪》清词出坐间，
爱君才器两俱全。
异乡风景却依然。

可恨相逢能几日。
不知重会是何年。
茱萸子细更重看。

【校】毛本题作“重九”。

【注】案韵同前首，疑同时答元素作也。

南乡子

沈强辅雯上出犀丽玉作胡琴送元素还朝，同子野各赋一首。

【校】元本无题，从毛本。

裙带石榴红，
却水殷勤解赠侬。
应许逐鸡鸡莫怕，
相逢，
一点灵心必暗通。

何处遇良工，
琢刻天真半欲空。
愿作龙香双凤拨，
轻拢，
长在环儿白雪胸。

又

旌旆满江湖，
诏发楼船万舳舻。
投笔将军因笑我，
迂儒，
帕首腰刀是丈夫。

粉泪怨离居，
喜子垂窗报捷书。
试问伏波三万语，
何如，
一斛明珠换绿珠。

【校】毛本题作“赠行”。

【注】案二词一赋胡琴，一送元素，所谓各赋一首也。元素典兵，史无明文。张子野《送元素》词云：“浴殿词臣亦议兵，禁中颇牧党羌平。”或当时有是命，寝而未行。

定风波

送元素

今古风流阮步兵，
平生游宦爱东平。
千里远来还不住，
归去，
空留风韵照人清。

红粉尊前添懊恼，
休道，如何留得许多情。
记取明年花絮乱，
看泛，
西湖总是断肠声。

【校】毛本“今”作“千”，“添”作“深”，“休”作“知”，“如何”作“怎生”，“取”作“得”，“看泛”五字作“须看泛西湖”。

【注】案张子野《送元素》《送子瞻》词，皆同此韵，当在二公过湖州时作。元素守杭未久即内召，子野词有“诏卷促归”语，与此词“千里远来还不住”情事正合。“明年花絮”，与子野之“黄莺相识晚”，又俱谓元素去之速也。

减字木兰花

秘阁古《笑林》云：晋元帝生子，宴百官，赐束帛。殷羡谢曰："臣等无功受赏。"帝曰："此事岂容卿有功乎？"同舍每以为笑。余过吴兴，而李公择适生子，三日会客，求歌辞。乃为作此戏之，举坐皆绝倒。

惟熊佳梦，
释氏老君亲抱送。
壮气横秋，
未满三朝已食牛。

犀钱玉果，
利市平分沾四坐。
多谢无功，
此事如何著得侬。

【校】毛本题作"过吴兴，李公择生子，三日，会客，作此词戏之"。"亲"作"曾"，"著"作"到"。

【注】《纪年录》：甲寅作。王《案》：甲寅九月，访李常于湖州作。案公择，建昌人。

河满子

湖州寄南守冯当世

见说岷峨凄怆，
旋闻江汉澄清。
但觉秋来归梦好，
西南自有长城。
东府三人最少，
西山八国初平。

莫负花溪纵赏，
何妨药市微行。
试问当垆人在否，
空教是处闻名。
唱着子渊新曲，
应须分外含情。

【校】毛本题作"湖州作"。

【注】案《宋史》：熙宁六年，复熙、河、洮、岷、叠、宕等州。七年，平泸夷木征寇岷州，王韶败降之。词云"西山八国初平"，当作于甲寅。

《诗集》查注：冯京，字当世，江夏人。富郑公婿，谥文简。

菩萨蛮

席上和陈令举

天怜豪俊腰金晚，
故教月向松江满。
清景为淹留，
从君都占秋。

身闲惟有酒，
试问遨游首。
帝梦已遥思，
匆匆归去时。

【校】毛本题阙，词阙十四字。

【注】案本集《书游垂虹亭记》：吾昔自杭移守高密，与杨元素同舟，而陈令举、张子野皆从吾过公择于湖，遂与刘孝叔俱至松江。词必是时作。

鹊桥仙

七夕送陈令举

缑山仙子，
高情云渺，
不学痴牛騃女。
凤箫声断月明中，
举手谢时人欲去。

客槎曾犯，
银河波浪，
尚带天风海雨。
相逢一醉是前缘，
风雨散飘然何处。

【校】毛本题作“七夕”。“波”作“微”。

【注】案本集《王中甫哀词》，施注原编丙辰七月五日。诗前叙云“哭中甫于密州”，则令举没矣。又《祭陈令举文》云：“余与令举别二年而令举没。”公以甲寅九月与令举访公择于湖州，六客之会，令举与焉。既过松江，令举匆匆归去，此词乃送之也。

阮郎归

一年三过苏，最后赴密州时，有问这回来不来，其色凄然。太守王规父嘉之，令作此词。

一年三度过苏台，
清尊长是开。
佳人相问苦相猜，
这回来不来。

情未尽，老先催，
人生真可咍。
他年桃李阿谁栽，
刘郎双鬓衰。

【校】元本题下注云：“一本名《醉桃源》。”毛本题作“苏州席上作”。“衰”作“摧”。

【注】《纪年录》：甲寅，赴密过苏作。王《案》：甲寅十月，至金阊，饮于王海席上作。

醉落魄

苏州阊门留别

苍颜华发，
故山归计何时决？
旧交新贵音书绝，
惟有佳人，
犹作殷勤别。

离亭欲去歌声咽，
潇潇细雨凉吹颊。
泪珠不用罗巾裛，
弹在罗衫，
图得见时说。

【校】毛本“衫”作“衣”，注云：“一刻山谷。但‘故山归计何时决’作‘故乡归路无因得’。”“颜”作“头”。

【注】案此与前调疑同时作。

菩萨蛮

润州和元素

玉笙不受珠唇暖，
离声凄咽胸填满。
遗恨几千秋，
心留人不留。

他年京国酒，
堕泪攀枯柳。
莫唱短因缘，
长安远似天。

【校】毛本题作“感旧”。“心”作“恩”，“堕”作“泫”。

【注】《纪年录》：甲寅，和元素。

减字木兰花

赠润守许仲涂，且以郑容落籍、高莹从良为句首。

郑庄好客，
容我尊前先堕帻。
落笔生风，
籍籍声名不负公。

高山白早，
莹骨冰肤那解老。
从此南徐，
良夜清风月满湖。

【校】毛本题作“自钱塘被召，林子中作郡守，有会，坐中营妓出牒，郑容求落籍，高莹求从良，子中呈东坡，东坡索笔为减字木兰花书牒后，时用郑容落籍、高莹从良八字于句端也，兼赠润守许仲涂”。案此引《东皋杂录》。

【注】《纪年录》：甲寅作。

《诗集》查注：许遵，字仲涂，泗州人。神宗朝以大理寺请知润州。

南歌子

别润守许仲涂

欲执河梁手，
还升月旦堂。
酒阑人散月侵廊，
北客明朝归去雁南翔。

窈窕高明玉，
风流郑季庄。
一时分散水云乡，
惟有落花芳草断人肠。

【校】毛本题“润守”作“润州”。

【注】案此词仍赋高、郑事，因类编之。

采桑子

润州甘露寺多景楼，天下之殊景也。甲寅仲冬，余同孙巨源、王正仲参会于此，有胡琴者姿色尤好。三公皆一时英秀，景之秀，妓之妙，真为希遇。饮阑，巨源请于余曰："残霞晚照，非奇才不尽。"余作此词。

多情多感仍多病，
多景楼中，
尊酒相逢，
乐事回头一笑空。

停杯且听琵琶语，
细捻轻拢，
醉脸春融，
斜照江天一抹红。

【校】毛本题作"润州东景楼，与孙巨源相遇"。

【注】《纪年录》：甲寅，多景楼与孙巨源相遇作。

《诗集》王注：《图经》：甘露寺在北固山，唐宝历中，李德裕建，时甘露降此山，因以名之。又施注：孙巨源名洙，广陵人。在谏院时，王介甫行新法，巨源心知不可，恳乞补外，知海州。又王文诰注：公至扬州，与李公择书云："涂中与完夫、正仲、巨源相会，所至辄作数剧饮笑乐，人生如此有几。"胡完夫坐封还李定词头落职，家在晋陵。王存字正仲，润州人。官左右史正言，知制诰，是时以事至家也。王注、查注脱去完夫，今补载。案完夫为胡宗愈字，题云"三公皆一时英秀"，盖指王、孙与胡也。

更漏子

送孙巨源

水涵空，山照市，
西汉二疏乡里。
新白发，旧黄金，
故人恩义深。

海东头，山尽处，
自古客槎来去。
槎有信，赴秋期，
使君行不归。

【注】《纪年录》：甲寅，送巨源作。王《案》：甲寅十月作。

醉落魄

席上呈杨元素

分携如昨，
人生到处萍飘泊。
偶然相聚还离索。
多病多愁，
须信从来错。

尊前一笑休辞却，
天涯同是伤沦落。
故山犹负平生约。
西望峨嵋，
长羡归飞鹤。

【注】《纪年录》：甲寅，离京口，呈元素作。

浣溪沙

赠陈海州。陈尝为眉令，有声。

长记鸣琴子贱堂，
朱颜绿发映垂杨。
如今秋鬓数茎霜。

聚散交游如梦寐，
升沉闲事莫思量。
仲卿终不忘桐乡。

【校】毛本题作“忆旧”。“忘”作“避”。

【注】案《诗集》甲寅十月，《次韵陈海州书怀》诗：“酒醒却忆儿童事，长恨双凫去莫攀。”自注：“陈尝令乡邑。”词当是同时作。

沁园春

赴密州，早行，马上寄子由。

孤馆灯青，野店鸡号，
旅枕梦残。
渐月华收练，晨霜耿耿，
云山摛锦，朝露团团。
世路无穷，劳生有限，
似此区区长鲜欢。
微吟罢，凭征鞍无语，
往事千端。

当时共客长安，
似二陆初来俱少年。
有笔头千字，胸中万卷，
致君尧舜，此事何难。
用舍由时，行藏在我，
袖手何妨闲处看。
身长健，但优游卒岁，
且斗尊前。

【校】毛本无题。“团团”作“漙漙”。

【注】《纪年录》：甲寅十月作。王《案》：公时由海州赴密，不复绕道至齐一视子由，故其词如此耳。

永遇乐

孙巨源以八月十五日离海州，坐别于景疏楼上。既而与余会于润州，至楚州乃别。余以十一月十五日至海州，与太守会于景疏楼上，作此词以寄巨源。

长忆别时，景疏楼上，
明月如水。
美酒清歌，留连不住，
月随人千里。
别来三度，孤光又满，
冷落共谁同醉。
卷珠帘、凄然顾影，
共伊到明无寐。

今朝有客，来从濉上，
能道使君深意。
凭仗清淮，分明到海，
中有相思泪。
而今何在，西垣清禁，
夜永露华侵被。
此时看、回廊晓月，
也应暗记。

【校】毛本题作“寄孙巨源”。“上”作“下”，“濉”作“淮”，“露”作“云”。

【注】《纪年录》：甲寅，海州寄巨源作。《诗集》施注：东坡与巨源既别于海州景疏楼，后登此楼，怀巨源作。王《案》：此词有“别来三度，孤光又满”，乃与巨源相别三月，而客至东武，为道巨源寄语，故作此词。时巨源以同修起居注、知制诰召还，计其必已自淮入京，故又有“而今何在，西垣清禁”及“此时看、回廊晓月”等句，道其锁宿之情事也。此词作于乙卯正月，确不可易。案词叙称巨源八月十五日坐别楼上，则词中“别来三度”，乃谓巨源之别海州，历九月、十月，至公至之十一月十五日恰为三度，非公与别三月也。仍从《纪年录》编甲寅。

《名胜志》：景疏楼在海州治东北。石刻云宋叶祖洽慕二疏之贤而建。疏广、疏受皆东海人也。本集《次韵孙巨源》诗：“高才晚岁终难进，勇退常年正急流。不独二疏为可慕，他时当有景孙楼。”自注：“巨源近离东海，郡有景疏楼。”

减字木兰花

空床响琢，
花上春禽冰上雹。
醉梦尊前，
惊起湖风入坐寒。

《转关》《镬索》，
春水流弦霜入拨。
月堕更阑，
更请宫高奏独弹。

【校】毛本无。

【注】本集公《与蔡景繁书》：朐山临海石室，信如所谕。某尝携家一游，时家有胡琴婢，就室中作《濩索凉州》，凛然有冰车铁马之声。案公于甲寅十一月至海州，是词疑赋胡琴婢事。

1075

乙卯，宋神宗熙宁八年，

40 岁

在密州任。

正月，

赋《江城子》（十年生死两茫茫）怀亡妻王弗。

四月，

寄诗刘述，诗有讥讽新法之意。

十月，

上文彦博书，再论京东、河北榷盐之害。

同年二月，王安石复相归京，继续主持变法。

蝶恋花

密州上元

灯火钱塘三五夜，
明月如霜，
照见人如画。
帐底吹笙香吐麝，
更无一点尘随马。

寂寞山城人老也，
击鼓吹箫，
却入农桑社。
火冷灯稀霜露下，
昏昏雪意云垂野。

【校】毛本“更无”句作“此般风味应无价”，“却”作“乍”，“稀”作“希”。

【注】《纪年录》：乙卯作。王《案》：乙卯正月十五日作。

江城子

乙卯正月二十日夜记梦

十年生死两茫茫。
不思量，自难忘。
千里孤坟，无处话凄凉。
纵使相逢应不识，
尘满面，鬓如霜。

夜来幽梦忽还乡。
小轩窗，正梳妆。
相顾无言，惟有泪千行。
料得年年肠断处，
明月夜，短松冈。

【校】毛本无题。

【注】《纪年录》：乙卯作。王《案》：词注谓公悼亡之作，考通义君卒于治平二年乙巳，至是熙宁八月乙卯，正十年也。

本集《亡妻王氏墓志铭》：治平二年五月丁亥，赵郡苏轼之妻王氏卒于京师……其明年六月壬午，葬于眉之东北彭山县安镇乡可龙里先君先夫人墓之西北八步。

雨中花慢

初至密州，以累年旱蝗，斋素累月。方春牡丹盛开，遂不获一赏。至九月，忽开千叶一朵，雨中特为置酒，遂作。

今岁花时深院，尽日东风，
轻扬茶烟。
但有绿苔芳草，柳絮榆钱。
闻道城西，长廊古寺，
甲第名园。
有国艳带酒，天香染袂，
为我留连。

清明过了，残红无处，
对此泪洒尊前。
秋向晚、一枝何事，
向我依然。
高会聊追短景，
清商不假余妍。
不如留取，十分春态，
付与明年。

【校】元本调名脱“慢”字，“假”误作“暇”，从毛本。毛本题小异。“轻扬”作“荡漾”。

【注】《纪年录》：乙卯九月作。

江城子

密州出猎

老夫聊发少年狂。
左牵黄，右擎苍。
锦帽貂裘，千骑卷平冈。
为报倾城随太守，
亲射虎，看孙郎。

酒酣胸胆尚开张。
鬓微霜，又何妨。
持节云中，何日遣冯唐。
会挽雕弓如满月，
西北望，射天狼。

【校】毛本题作“猎词”。

【注】《纪年录》：乙卯冬，祭常山回，与同官习射放鹰作。

水龙吟

赠赵晦之吹笛侍儿

楚山修竹如云，
异材秀出千林表。
龙须半翦，凤膺微涨，
玉肌匀绕。
木落淮南，雨晴云梦，
月明风袅。
自中郎不见，桓伊去后，
知孤负，秋多少。

闻道岭南太守，
后堂深、绿珠娇小。
绮窗学弄，《梁州》初遍，
《霓裳》未了。
嚼徵含宫，泛商流羽，
一声云杪。
为使君洗尽，蛮风瘴雨，
作《霜天晓》。

【校】毛本题作“岭南太守闾丘公显致仕居姑苏，东坡每过必留连。尝言过姑苏，不游虎丘，不谒闾丘，乃二欠事，其重之如此。一日出其后房佐酒，有懿卿者甚有才色，善吹笛，因作《水龙吟》赠之”。案：此说出《鹤林玉露》。

【注】《纪年录》：乙卯作。案晦之名昶。

减字木兰花

送东武令赵昶失官归海州

贤哉令尹，
三仕已之无喜愠。
我独何人，
犹把虚名玷搢绅。

不如归去，
二顷良田无觅处。
归去来兮，
待有良田是几时？

【校】毛本题作“送东武令赵晦之”。

【注】《纪年录》：乙卯作。

1076

丙辰，宋神宗熙宁九年，

41 岁，

在密州任。

八月十五日，

与孔宗翰在超然台饮酒题诗，

赋《水调歌头》（明月几时有），兼怀弟辙。

九月，

得诏，移知河中府。

十二月，

离密，赴河中府任。

本年十月，王安石以长子王雱病逝，请辞相位。

神宗亦厌其所为，乃罢为镇南军节度使、判江宁府。

此王安石第二次罢相。

蝶恋花

微雪，客有善吹笛击鼓者，方醉中，有人送《苦寒诗》求和，遂以此答之。

帘外东风交雨霰。
帘里佳人，
笑语如莺燕。
深惜今年正月暖，
灯光酒色摇金盏。

掺鼓《渔阳》挝未遍。
舞褪琼钗，
汗湿香罗软。
今夜何人吟古怨，
清诗未了冰生砚。

【校】毛本题作“密州冬夜文安国席上作”。“了”作“就”。

【注】王《案》：丙辰春夜，文勋席上作。又曰：正月，迁祠部员外郎。案王说据毛本题也。后一首类编。

满江红

正月十三日，雪中送文安国还朝。

天岂无情，
天也解、多情留客。
春向暖、朝来底事，
尚飘轻雪。
君遇时来纡组绶，
我应老去寻泉石。
恐异时、杯酒复相思，
云山隔。

浮世事，俱难必。
人纵健，头应白。
何辞更一醉，此欢难觅。
不用向佳人诉离恨，
泪珠先已凝双睫。
但莫遣、新燕却来时，
音书绝。

【校】毛本题"文"作"姜"，"遇时"作"过春"，"老"作"归"，"寻"作"耽"，"复"作"忽"，"不用"作"欲"，"遣"作"追"。

【注】案《诗集》，丙辰有《立春日病中邀安国仍请率禹功同来》诗二首。词疑作于是时。

《诗集合注》：《东坡全集》有《文安国席上作蝶恋花》词，即庐江文勋也。倪涛《六艺之一录》载《书史会要》云：勋官太府寺丞，工篆书。

殢人娇

戏邦直

别驾来时，
灯火荧煌无数。
向青琐、隙中偷觑，
元来便是，
共彩鸾仙侣。
方见了、管须低声说与。

百子流苏，
千枝宝炬，
人间有、洞房烟雾。
春来何事，
故抛人别处。
坐望断、楼中远山归路。

【校】毛本次句作“满城灯火无数”。

【注】案《诗集》，丙辰春有《和邦直》诗。施注：邦直名清臣，魏人。居高密时，以京东提刑按部至密也。又《次韵李邦直感旧》诗注：《感旧》诗有“入梦”“还乡”之戏。东坡又为长短句云：“谁教幽梦里，插他花。”亦此意也。

望江南

超然台作

春未老，风细柳斜斜。
试上超然台上看，
半壕春水一城花，
烟雨暗千家。

寒食后，酒醒却咨嗟。
休对故人思故国，
且将新火试新茶，
诗酒趁年华。

【校】毛本无题。

【注】《纪年录》：乙卯，于超然台作《望江南》。案公于甲寅十一月至密州任。《超然台记》谓移守胶西，处之期年，园之北因城以为台者旧矣，稍葺而新之，时相与登览，放意肆志焉。词作于春，当属丙辰。后一首疑同时作，以类附焉。

又

春已老，春服几时成？
曲水浪低蕉叶稳，
舞雩风软纻罗轻，
酣咏乐升平。

微雨过，何处不催耕。
百舌无言桃李尽，
柘林深处鹁鸪鸣，
春色属芜菁。

【校】毛本题作“暮春”。“纻”作“苎”，“林”作“枝”。

满江红

东武会流杯亭，上巳日作。城南有坡，土色如丹，其下有堤，壅邦淇水入城。

东武南城，
新堤就、邦淇初溢。
微雨过、长林翠阜，
卧红堆碧。
枝上残花吹尽也，
与君试向江头觅。
问向前、犹有几多春，
三之一。

官里事，何时毕？
风雨外，无多日。
相将泛曲水，满城争出。
君不见兰亭修禊事，
当时坐上皆豪逸。
到如今、修竹满山阴，
空陈迹。

【校】元本“邦”误“郑”。毛本题“东武会流杯亭”，次句作“新堤固、涟漪初溢”，“微雨过”作“隐隐遍”，“翠”作“高”，“试”作“更”。

【注】《纪年录》：丙辰上巳日，流觞于南禅小亭作。

《诗集》王注：援曰：《水经注》：邦淇之水出西南常山，东北流注潍。潍自箕县北径东武县西北流，合邦淇之水。汉琅琊有扶县，盖“邦”与“扶”同音。《名胜志》：诸城县有柳林河，出石门山，流径县西北，入于邦淇。密人为上巳祓除之所。

水调歌头

丙辰中秋，欢饮达旦，大醉，作此篇，兼怀子由。

明月几时有，把酒问青天。
不知天上宫阙，
今夕是何年。
我欲乘风归去，
惟恐琼楼玉宇，
高处不胜寒。
起舞弄清影，何似在人间。

转朱阁，低绮户，照无眠。
不应有恨，
何事长向别时圆。
人有悲欢离合，
月有阴晴圆缺，
此事古难全。
但愿人长久，千里共婵娟。

【校】毛本“惟”作“又”。

【注】王宗稷《年谱》：丙辰作。

画堂春

寄子由

柳花飞处麦摇波，
晚湖净，鉴新磨。
小舟飞棹去如梭，
齐唱采菱歌。

平野水云溶漾，
小楼风日晴和。
济南何在暮云多，
归去奈愁何。

【校】毛本无。

【注】案《颍滨遗老传》，张文定知淮阳，以学官见辟，从之三年，授齐州掌书记，复三年。考子由以癸丑九月自陈至齐，迨丙辰九月，三年成资罢任，即以上书还京。词必于是时寄之，故有“济南”“归去”等语。前段则追述辛亥七八月同游陈州柳湖事。

江城子

前瞻马耳九仙山。
碧连天，晚云闲。
城上高台，真个是超然。
莫使匆匆云雨散，
今夜里，月婵娟。

小溪鸥鹭静联拳。
去翩翩，点轻烟。
人事凄凉，回首便他年。
莫忘使君歌笑处，
垂柳下，矮槐前。

【校】元本无。

【注】《纪年录》：丙辰十二月，东武道中作。王《案》：丙辰十月，晚登超然台望月作。又曰：十一月告下，以祠部员外郎移知河中府。

《名胜志》：卢山在诸城县东南四十五里。又二十五里为九仙山，高耸摩空，常有仙人居之。

又

东武雪中送客

相从不觉又初寒。
对尊前，惜流年。
风紧离亭，冰结泪珠圆。
雪意留君君不住，
从此去，少清欢。

转头山上转头看。
路漫漫，玉花翻。
云海光宽，何处是超然。
知道故人想念否，
携翠袖，倚朱阑。

【校】毛本题作“冬景”。“不住”作“且住”，“上”作“下”，“云”作“银”。

【注】《纪年录》：丙辰十二月，东武雪中送章传道作。案《诗集》，乙卯《有游卢山次韵章传道》诗。

1077

丁巳，宋神宗熙宁十年，

42 岁。

二月，

改知徐州。

弟辙自京师来迎，相会于澶、濮之间。

同辙赴京师，至陈桥驿，

知徐州告下，有旨不得入国门。

四月，

赴徐州任，苏辙同行。过南都，见张方平。

代方平撰谏用兵书，谏勿用兵西夏。

二十一日，到徐州任。

七月，

黄河决于澶州曹村埽。

八月，

黄河水及徐州城下。

九月，

徐州城下水深二丈余，亲率军民筑堤抗洪，

发公廪，济穷困，庐于城上，至是城全民安。

十月，

黄河水渐退，京东路安抚使等奏苏轼防洪功。

南乡子

席上劝李公择酒

不到谢公台，
明月清风好在哉。
旧日髯孙何处去，
重来，
短李风流更上才。

秋色渐摧颓，
满院黄英映酒杯。
看取桃花春二月，
争开，
尽是刘郎去后栽。

【注】《纪年录》：丁巳，过齐，时公择守齐，席上作。

《诗集》查注：李公择，神宗初为右正言，力诋新法，落职，通判滑州，徙知齐州。东坡离密，正公择知齐州时也。

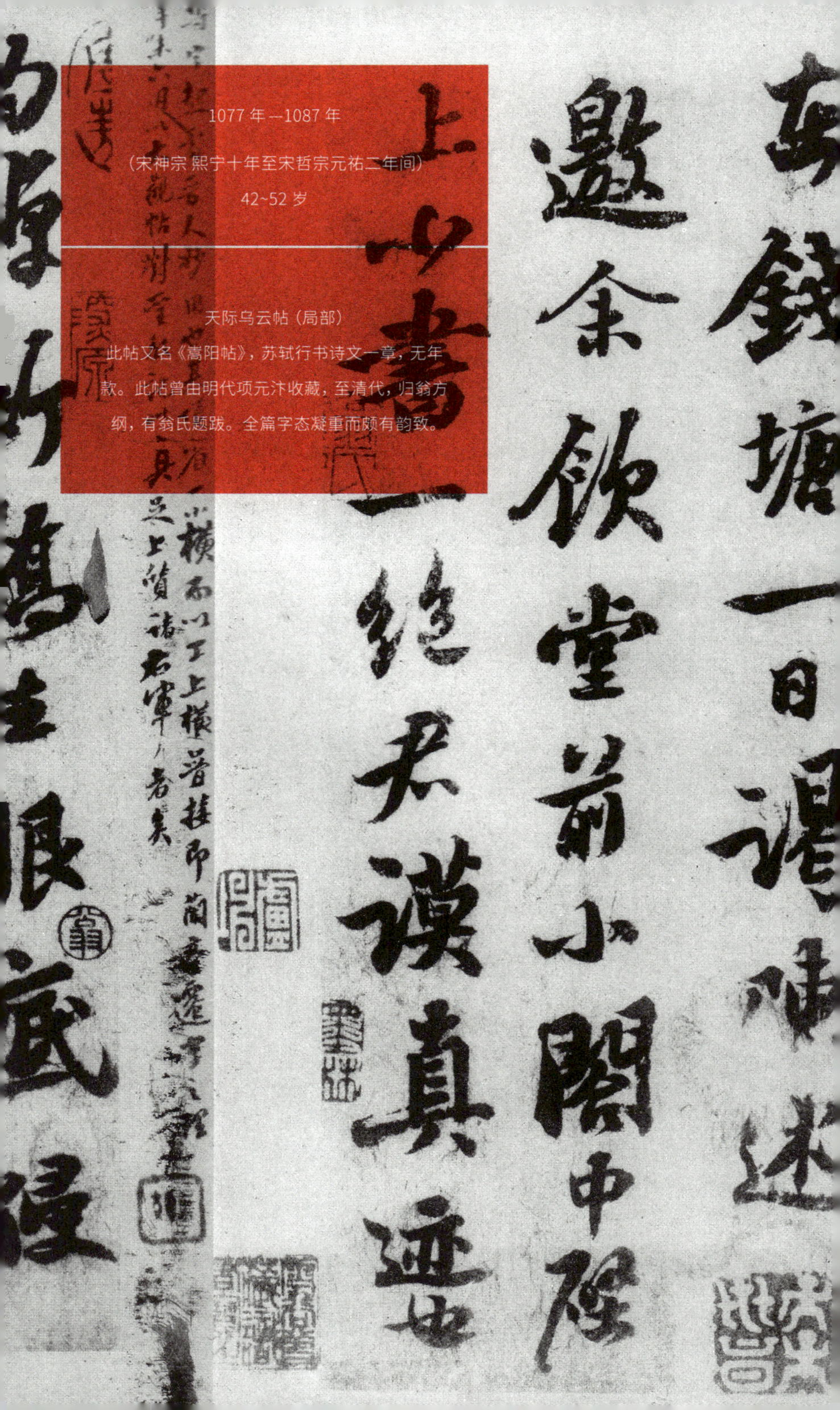

1077 年—1087 年

（宋神宗 熙宁十年至宋哲宗元祐二年间）

42~52 岁

天际乌云帖（局部）

此帖又名《嵩阳帖》，苏轼行书诗文一章，无年款。此帖曾由明代项元汴收藏，至清代，归翁方纲，有翁氏题跋。全篇字态凝重而颇有韵致。

天際烏雲含雨重樓前
紅日照山明嵩陽居士
今何在青眼看人萬里情
此蔡君謨夢中詩也僕

阳关曲

答李公择

济南春好雪初晴，
才到龙山马足轻。
使君莫忘霅溪女，
还作《阳关》肠断声。

【校】元本题脱“答”字，毛本同。从《诗集》补。毛本“还”作“时”。

【注】案《诗集》并载此词，编丁巳，从之。

《诗集》翁注：王文简曰，济南郡城东七十里龙山镇，即《水经注》巨合城也。施注：公择先知湖州，自湖移济南，故东坡以“霅溪女”戏之。

蝶恋花

暮春别李公择

簌簌无风花自堕。
寂寞园林，
柳老樱桃过。
落日有情还照坐，
山青一点横云破。

路尽河回人转舵。
系缆渔村，
月暗孤灯火。
凭仗飞魂招楚些，
我思君处君思我。

【校】元本阙题，从毛本。毛本“堕”作“弹”，“有”作“多”，“人”作“千”。

【注】《纪年录》：丁巳作。

殢人娇

小王都尉席上赠侍人

满院桃花，
尽是刘郎未见。
于中更、一枝纤软。
仙家日月，
笑人间春晚。
浓睡起、惊飞乱红千片。

密意难传，
羞容易变。
平白地、为伊肠断。
问君终日，
怎安排心眼？
须信道、司空自来见惯。

【校】毛本题无“小”字，“传”作“窥”，“变”作“见”。

【注】王《案》：丁巳二月，告下，以尚书祠部员外郎直史馆，徙知徐州军州事。三月二日寒食，与王诜饮于四照亭上作。案《纪年录》，丁巳三月一日，与王诜会四照亭，有倩奴者求曲，遂作《洞仙歌》《喜长春》与之。元本、毛本皆无此二词，疑《喜长春》为《殢人娇》别名。今据王说编丁巳，而以《洞仙歌》列于次焉。

洞仙歌

江南腊尽，早梅花开后。
分付新春与垂柳。
细腰肢、自有入格风流，
仍更是，骨体清英雅秀。

永丰坊那畔，尽日无人，
谁见金丝弄晴昼。
断肠是飞絮时，
绿叶成阴，
无个事、一成消瘦。
又莫是东风逐君来，
便吹散眉间，一点春皱。

【校】毛本题作“咏柳”。“谁”作“惟”。

【注】案毛本题与纪年未合，然细绎词意，与《殢人娇》词略同，非止赋物也。

阳关曲

中秋作

暮云收尽溢清寒，
银汉无声转玉盘。
此生此夜不长好，
明月明年何处看？

【校】毛本题下注云“本名小秦王，入腔即阳关曲”。元本脱“即阳关曲”四字。

【注】《纪年录》：戊午作，是年在徐州。案本集《书彭城观月诗》云：余十八年前中秋与子由观月彭城，作此诗，以《阳关》歌之。今复此夜，宿于赣上，方迁岭表，独歌此曲，聊复书之。公南迁过赣，在绍圣甲戌，上推至丁巳为十八年。若云戊午中秋，子由已在南京迁判任矣。今改编丁巳。

水调歌头

余去岁在东武，作《水调歌头》以寄子由。今年子由相从彭门百余日，过中秋而去，作此曲以别。余以其语过悲，乃为和之，其意以不早退为戒，以退而相从之乐为慰云。

安石在东海，从事鬓惊秋。
中年亲友难别，
丝竹缓离愁。
一旦功成名遂，
准拟东还海道，
扶病入西州。
雅志困轩冕，
遗恨寄沧洲。

岁云暮，须早计，要褐裘。
故乡归去千里，
佳处辄迟留。
我醉歌时君和，
醉倒须君扶我，
惟酒可忘忧。
一任刘玄德，
相对卧高楼。

【注】《年谱》丁巳，有和子由《水调歌头》词。《纪年录》：丁巳，子由过中秋而别作。

徐州中秋作 ※

离别一何久，七度过中秋。
去年东武今夕，
明月不胜愁。
岂意彭城山下，
同泛清河古汴，
船上载《凉州》。
鼓吹助清赏，
鸿雁起汀洲。

坐中客，翠羽帔，紫绮裘。
素娥无赖西去，
曾不为人留。
今夜清尊对客，
明夜孤帆水驿，
依旧照离忧。
但恐同王粲，
相对永《登楼》。

【注】案此词为子由原作，元本、毛本题固甚明，王《案》于题首增“与”字，遂目为坡公自作。不知公词叙固谓子由作此曲以别也。

※ 附子由《徐州中秋作》

浣溪沙

赠闾丘朝议，时还徐州。

一别姑苏已四年，
秋风南浦送归船。
画帘重见水中仙。

霜鬓不须催我老，
杏丹依旧驻君颜。
夜阑相对梦魂间。

【校】毛本“还”作“过”，“丹”作“花”。

【注】《纪年录》甲寅，再过苏，赠闾丘公显作。王《案》：丁巳八月，闾丘公显过彭城作。案公甲寅有《苏州闾丘江君二家饮酒》诗，至丁巳，故云“一别四年”也。

《吴郡志》：闾丘孝终字公显，郡人。尝守黄州。既挂冠，与诸名人耆艾为九老会。东坡经从，必访孝终，赋诗为乐。

1078

戊午，宋神宗元丰元年，

43 岁，

在徐州任。

正月，

神宗诏奖谕苏轼防洪之功。

五月，

朝廷降诏奖论苏轼去年修徐城、捍水功。

刻诏于石，为敕记。

八月十二日，

苏轼长孙苏箪生。

是年，

秦观将入京应举，过徐州，首次见苏轼。

黄庭坚寄书并古诗二首呈苏轼。

秦、黄二人奉教于苏轼始此。

临江仙

送李公恕

自古相从休务日，
何妨低唱微吟。
天垂云重作春阴。
坐中人半醉，
帘外雪将深。

闻道分司狂御史，
紫云无路追寻。
凄风寒雨更骎骎。
问囚长损气，
见鹤忽惊心。

【校】元本“更”误作“是”。从毛本。毛本题作“冬日即事”，“忽”作“总”。

【注】案《诗集》，元丰元年正月有《送李公恕赴阙》诗，词编戊午。

《诗集》施注：李公恕时为京东转运判官，召赴阙。公恕一再持节山东，子由亦有诗送行云：“幸公四年持使节，按行千里长相见。”

浣溪沙

徐门石潭谢雨，道上作五首。潭在城东二十里，常与泗水增减，清浊相应。

照日深红暖见鱼，
连村绿暗晚藏乌。
黄童白叟聚睢盱。

麋鹿逢人虽未惯，
猿猱闻鼓不须呼。
归来说与采桑姑。

【校】毛本题无"潭在"下十七字，"村"作"溪"，"来"作"家"。

又

旋抹红妆看使君，
三三五五棘篱门。
相排踏破蒨罗裙。

老幼扶携收麦社，
乌鸢翔舞赛神村。
道逢醉叟卧黄昏。

【校】毛本“排”作“挨”。

又

麻叶层层苘叶光，
谁家煮茧一村香。
隔篱娇语络丝娘。

垂白杖藜抬醉眼，
捋青捣麨软肌肠。
问言豆叶几时黄。

【校】元本“捋”作“扶”。从毛本。

又

簌簌衣巾落枣花，
村南村北响缲车。
牛衣古柳卖黄瓜。

酒困路长惟欲睡，
日高人渴漫思茶。
敲门试问野人家。

又

软草平莎过雨新，
轻沙走马路无尘。
何时收拾耦耕身。

日暖桑麻光似泼，
风来蒿艾气如薰。
使君元是此中人。

【注】《纪年录》：戊午作。

又

徐州藏春阁园中

惭愧今年二麦丰，
千歧细浪舞晴空。
化工余力染夭红。

归去山公应倒载，
阑街拍手笑儿童。
甚时名作锦薰笼。

【校】元本无题，“应”误作“因”。从毛本。毛本“歧”作“畦”，“细”作“翠”。
【注】《纪年录》：戊午，藏春阁作。

又

缥缈红妆照浅溪，
薄云疏雨不成泥。
送君何处古台西。

废沼夜来秋水满，
茂林深处晚莺啼。
行人肠断草凄迷。

【校】毛本无。

【注】案《纪年录》：戊午，送颜、梁，作《浣溪沙》。集中无是题，疑即是词。古台，戏马台也。颜、梁，谓颜复、梁吉。

永遇乐

彭城夜宿燕子楼，梦盼盼，因作此词。

明月如霜，好风如水，
清景无限。
曲港跳鱼，圆荷泻露，
寂寞无人见。
紞如三鼓，铿然一叶，
黯黯梦云惊断。
夜茫茫、重寻无处，
觉来小园行遍。

天涯倦客，山中归路，
望断故园心眼。
燕子楼空，佳人何在，
空锁楼中燕。
古今如梦，何曾梦觉，
但有旧欢新怨。
异时对、黄楼夜景，
为余浩叹。

【校】元本题下云："一云徐州夜梦觉，此登燕子楼作。"毛本题无"彭城"二字，"紞如"作"沉沉"，"铿"作"飘"，"处"上衍"觅"字，"黄"作"南"。

【注】王《案》：戊午十月，梦登燕子楼，翼日往寻其地作。

千秋岁

重阳作徐州

浅霜侵绿，发少仍新沐。
冠直缝，巾横幅。
美人怜我老，玉手簪金菊。
秋露重，
真珠满袖沾余馥。

坐上人如玉，花映花奴肉。
蜂蝶乱，飞相逐。
明年人纵健，此会应难复。
须细看，
晚来明月和银烛。

【校】题疑有脱误，“露”元本作“霜”，从毛本。毛本题作“湖州暂来徐州，重阳作”。“金”作“黄”，“满”作“落”，“明月”作“月上”。

【注】《纪年录》：戊午九月作。

阳关曲

赠张继愿

受降城下紫髯郎，
戏马台南旧战场。
恨君不取契丹首，
金甲牙旗归故乡。

【校】元本无题，从《诗集》补。毛本题作“军中”。

【注】《纪年录》：戊午作。

1079

己未，宋神宗元丰二年，

44 岁。

三月，

罢徐州，以祠部员外郎、直史馆知湖州军州事。

四月，

到湖州任，上谢表。

七月，

御史中丞李定、御史舒亶等以《湖州到任谢表》为据，言苏轼讥讽朝政，御史皇甫遵至湖州，拘捕苏轼入京。苏轼就逮，与妻子诀别，留书与弟苏辙，处置后事。“郡人送者雨泣”。长子苏迈随行。

八月，

至京，入御史台狱，命悬一线，作二诗请狱卒梁成，以遗弟苏辙。

十月，

太皇太后曹氏病逝，大赦天下。曹氏于苏轼有国士之知。

十二月，

结案出狱，诏贬检校水部员外郎、黄州团练副使、本州安置、不得签书公事。苏辙、王巩、张方平等人为救苏轼，皆受不同程度贬谪、责罚。是为“乌台诗案”。

江城子

别徐州

天涯流落思无穷。
既相逢，却匆匆。
携手佳人，和泪折残红。
为问东风余几许，
春纵在，与谁同？

隋堤三月水溶溶。
背归鸿，去吴中。
回首彭城，清泗与淮通。
欲寄相思千点泪，
流不到，楚江东。

【校】毛本题作“恨别”。“首”作“望”，“欲寄”作“寄我”。

【注】《纪年录》：己未二月作。王《案》：己未三月，告下，以祠部员外郎直史馆知湖州军州事。留别田叔通、寇元弼、石坦夫作。

减字木兰花

彭门留别

玉觞无味，
中有佳人千点泪。
学道忘忧，
一念还成不自由。

如今未见，
归去东园花似霰。
一语相开，
匹似当初本不来。

【校】毛本题作“送别”。

【注】案是词当与《江城子》词同时作。

西江月

平山堂

三过平山堂下，
半生弹指声中。
十年不见老仙翁，
壁上龙蛇飞动。

欲吊文章太守，
仍歌杨柳春风。
休言万事转头空，
未转头时是梦。

【校】元本题阙，从毛本。

【注】王《案》：己未四月，同张大亨游平山堂。公倅杭、赴密、守湖，三过扬。熙宁辛亥，见欧阳公于汝阴，至是元丰己未，凡九年。词云“十年”，举成数也。时鲜于侁自京东转运使移知扬州，此燕集平山堂主人也。

德洪《石门题跋》：东坡登平山堂，怀醉翁，作此词。张嘉父谓余曰：“时红妆成轮，名士堵立，看其落笔置笔，目送万里，殆欲仙去尔。”

南歌子

湖州作

山雨萧萧过，
溪风浏浏清。
小园幽榭枕蘋汀，
门外月华如水彩舟横。

苕岸霜花尽，
江湖雪阵平。
两山遥指海门青，
回首水云何处觅孤城。

【校】毛本“萧萧”作“潇潇”，“风”作“桥”，“苕”作“岧”。案“湖”疑“潮”误。

【注】王《案》：己未五月十三日，钱氏园送刘㧑赴余姚作。《诗集》施注：㧑赴余姚，公即席赋《南柯子》饯之，“山雨潇潇过”者是也。后题“元丰二年五月十三日吴兴钱氏园作”。今集中乃指他词为送行甫，而此词第云湖州，误也。

案㧑字行甫，湖州人。集中有《送刘寺丞赴余姚》诗，即其人也。别有“日出西山雨”一首，题作《送行甫赴余姚》，即旌注所谓他词者，疑与是词题互误。今编于次以待考，而题皆姑仍其旧云。

又

送行甫赴余姚

日出西山雨，
无晴又有晴。
乱山深处过清明，
不见彩绳花板细腰轻。

尽日行桑野，
无人与目成。
且将新句琢琼英，
我是世间闲客此闲行。

【校】毛本题作"和前韵"，以编于"雨暗初疑夜"一首后也。

又

雨暗初疑夜，
风回便报晴。
淡云斜照著山明，
细草软沙溪路马蹄轻。

卯酒醒还困，
仙村梦不成。
蓝桥何处觅云英，
只有多情流水伴人行。

【校】毛本题作“寓意”。“便”作“忽”。

又

带酒冲山雨，
和衣睡晚晴。
不知钟鼓报天明，
梦里栩然胡蝶一身轻。

老去才都尽，
归来计未成。
求田问舍笑豪英，
自爱湖边沙路免泥行。

【校】毛本题作“再用前韵”。

【注】案二首与前同韵，附编。

双荷叶

湖州贾耘老小妓名双荷叶

双溪月，
清光偏照双荷叶。
双荷叶。
红心未偶，绿衣偷结。

背风迎雨流珠滑，
轻舟短棹先秋折。
先秋折。
烟鬟未上，玉杯微缺。

【校】元本脱叠文“双荷叶”三字，误从“滑”字分段。并从毛本改补。毛本无题，“流”作“泪”。案是调为《忆秦娥》，或公易以新名。

【注】《纪年录》：己未作。

《诗集》查注：贾收，字耘老，乌程人，所著有《怀苏集》。本集《与耘老尺牍》：念贾处士贫甚，乃作怪石枯木一纸，可令双荷叶收掌，须添丁长以付之也。

渔家傲

七夕

皎皎牵牛河汉女，
盈盈临水无由语。
望断碧云空日暮。
无寻处，
梦回芳草生春浦。

鸟散余花纷似雨，
汀洲蘋老香风度。
明月多情来照户。
但揽取，
清光长送人归去。

【校】毛本无题。

【注】案词有“汀洲蘋老”语，疑在湖州时作。公在湖州遇七夕，惟元丰己未也。

1080

庚申，宋神宗元丰三年，

45 岁，

谪居黄州。

正月初一日，

离京赴黄州。

二月，

至黄州，上谢表。

先寓居定慧院，后迁居临皋亭。

友朋多致书慰问，章惇来书，

“劝以追悔往咎”，苏轼回信中有激愤之意；

陈季常来信，请居武昌，苏轼回信婉拒；

秦观致简相慰。

五月末，

苏辙送苏轼家眷至黄州，留伴十余日后，

赴筠州盐酒务任。

八月，

乳母任采莲卒。

是年，

纳王朝云为侍妾。

黄州人从苏轼游者有潘大临、潘大观等。

临江仙

龙丘子自洛之蜀，载二侍女，戎装骏马，至溪山佳处辄留数日，见者以为异人。其后十年，筑室黄冈之北，号曰静安居士，作此词赠之。

细马远驮双侍女，
青巾玉带红靴。
溪山好处便为家。
谁知巴峡路，
却见洛城花。

面旋落英飞玉蕊，
人间春日初斜。
十年不见紫云车。
龙丘新洞府，
铅鼎养丹砂。

【注】王《案》：己未八月，送御史台根勘。十二月，责授检校尚书水部员外郎，充黄州团练副使，本州安置。庚申正月，赠故人陈慥季常作。

《诗集》施注：陈季常名慥，少时慕朱家、郭解为人，稍壮，折节读书，晚乃遁于光、黄间。东坡至黄，季常数从之游。

1080 年—1083 年

（宋神宗 元丰三年至元丰六年间）

45~48 岁

一夜帖

此帖又名《致季常尺牍》。元丰二年（1079 年）苏轼因“乌台诗案”，贬谪黄州。此帖即苏轼在黄州时写给朋友陈季常的信札。

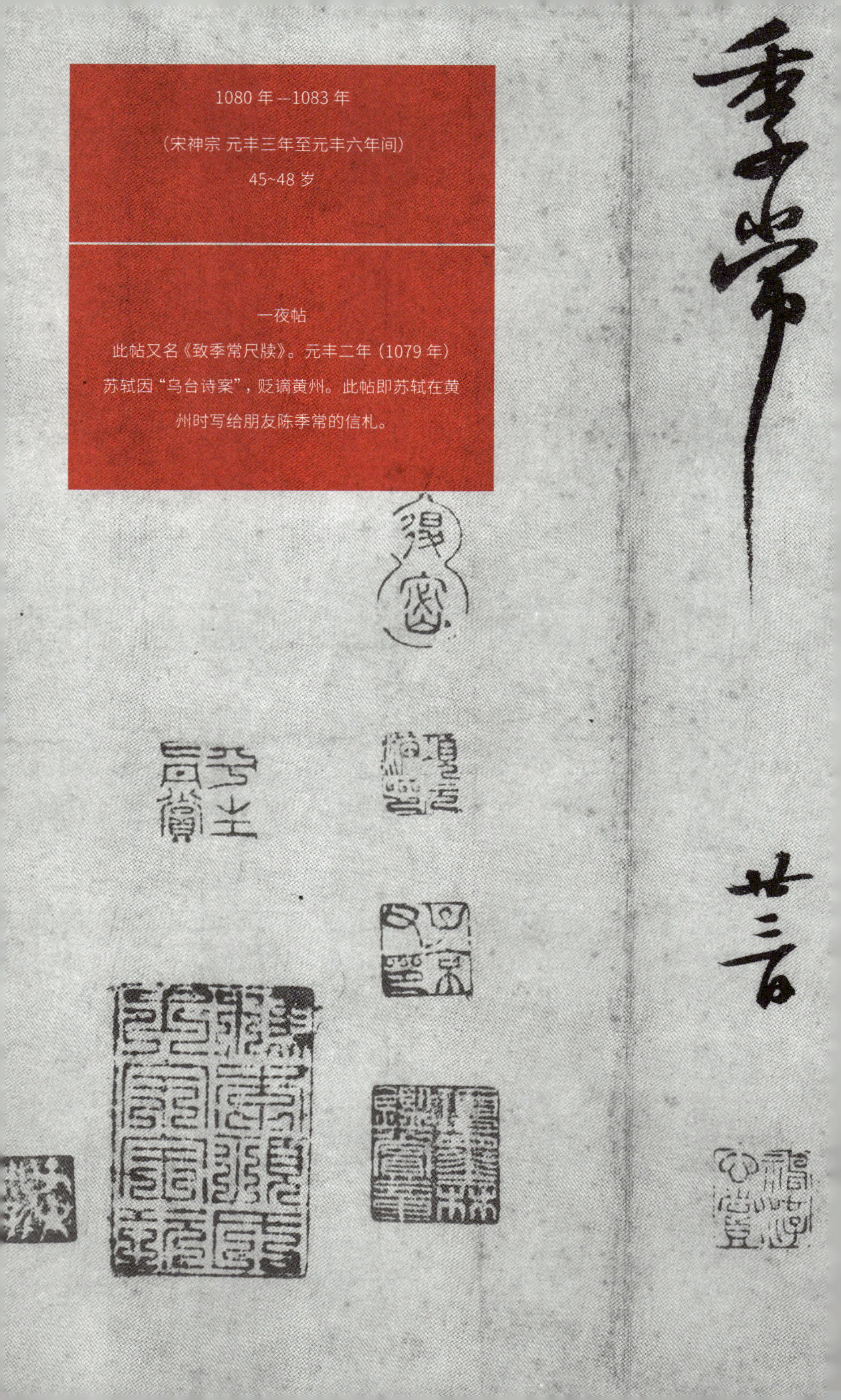

一夜寻黄居寀龙不获方悟半
月前是曹光州借去摹榻更须
一两月方取得恐王君疑是翻悔
且告子细说与纔取得即纳去
却寄团茶一饼与之旌其好事
也

西江月

黄州中秋

世事一场大梦，
人生几度新凉。
夜来风叶已鸣廊，
看取眉头鬓上。

酒贱常愁客少，
月明多被云妨。
中秋谁与共孤光，
把盏凄然北望。

【校】元本题阙，从毛本。毛本“新”作“秋”。

【注】王《案》：庚申八月十五日作。

《渔隐丛话》：《古今词话》：东坡在黄州，中秋对月独酌，作《西江月》词。《聚兰集》载此词，注曰“寄子由”，故后句云云。疑是在钱塘作，时子由为睢阳幕客。

定风波

十月九日，孟亨之置酒秋香亭。有双拒霜独向君猷而开，坐客喜笑，以为非使君莫可当此花，故作是篇。

两两轻红半晕腮，
依依独为使君回。
若道使君无此意，
何为，
双花不向别人开？

但看低昂烟雨里，
不已，劝君休诉十分杯。
更问尊前狂副使，
来岁，
花开时节与谁来？

【校】毛本题无“双”字。

【注】《纪年录》：庚申，孟亨之置酒西风亭作。

《诗集》施注：孟亨之名震，东平人，举进士。东坡来黄州，君为倅。

1081

辛酉，宋神宗元丰四年，

46 岁，

谪居黄州，述父苏洵遗志，

完成《易传》《论语说》。

四月，

上文彦博书，以《论语说》呈之，

并叙元丰二年（1079）得罪事。

是年，

营东坡，作《东坡八首》。

自是始号“东坡居士”。

神宗多次欲再起用苏轼，皆未果。

是年十一月，

宋军在庆州击溃西夏军，

占领西夏两千多里土地。

神宗大喜，决定乘胜追击。

少年游

黄之侨人郭氏，每岁正月迎紫姑神，以箕为腹，箸为口，画灰盘中为诗，敏捷立成。余往观之，神请余作《少年游》，乃以此戏之。

玉肌铅粉傲秋霜，
准拟凤呼凰。
伶伦不见，清香未吐，
且糠粃吹扬。

到处成双君独只，
空无数、烂文章。
一点香檀，谁能借箸，
无复似张良。

【校】元本无。

【注】案本集《子姑神记》：余始来黄州，进士潘丙谓余曰："异哉！公之始受命，黄人未知也，有神降于侨人郭氏之第，曰：'苏公将至，而吾不及见也。'"其明年正月，神复降于郭氏，余往观之。公以庚申来黄，明年则辛酉也。

又

端午赠黄守徐君猷

银塘朱槛曲尘波，
圆绿卷新荷。
兰条荐浴，菖花酿酒，
天气尚清和。

好将沉醉酬佳节，
十分酒、一分歌。
狱草烟深，讼庭人悄，
无吝宴游过。

【校】毛本“一”作“十”。

【注】《纪年录》：辛酉端午作。王《案》：辛酉五月五日，过徐大受饮作。

《诗集》施注：君猷名大受，东海人。东坡来黄州，君猷为守，厚礼之，无迁谪意。君猷秀惠，列屋杯觞流行，多为赋词，满去而殂，坡有祭文、挽词，意甚凄恻。

浣溪沙

十二月二日雨后微雪，太守徐君猷携酒见过，坐上作《浣溪沙》三首。明日酒醒，雪大作，又作二首。

覆块青青麦未苏，
江南云叶暗随车。
临皋烟景世间无。

雨脚半收檐断线，
雪床初下瓦跳珠。
归来冰颗乱黏须。

【校】毛本“跳”作“疏”。

又

醉梦昏昏晓未苏，
门前轹辘使君车。
扶头一盏怎生无？

废圃寒蔬挑翠羽，
小槽春酒滴真珠。
清香细细嚼梅须。

【校】毛本“轹辘”作“辘辘”，“滴”作“冻”。

又

雪里餐毡例姓苏，
使君载酒为回车。
天寒酒色转头无。

荐士已闻飞鹗表，
报恩应不用蛇珠。
醉中还许揽桓须。

【注】《纪年录》：辛酉，微雪作。

又

半夜银山上积苏，
朝来九陌带随车。
涛江烟渚一时无。

空腹有诗衣有结，
湿薪如桂米如珠。
冻吟谁伴捻髭须。

又

万顷风涛不记苏，
雪晴江上麦千车。
但令人饱我愁无。

翠袖倚风萦柳絮，
绛唇得酒烂樱珠。
尊前呵手镊霜须。

【注】《纪年录》：辛酉大雪，又作。

江城子

大雪，有怀朱康叔使君，亦知使君之念我也，作此以寄之。

黄昏犹是雨纤纤。
晓开帘，欲平檐。
江阔天低，无处认青帘。
孤坐冻吟谁伴我，
揩病目，捻衰髯。

使君留客醉厌厌。
水晶盐，为谁甜。
手把梅花，东望忆陶潜。
雪似故人人似雪，
虽可爱，有人嫌。

【注】王《案》：辛酉十二月，雪中有怀朱寿昌作。

《宋史》：朱寿昌，字康叔，扬州天长人。知鄂州，提举崇禧观。

满江红

寄鄂州朱使君寿昌

江汉西来，
高楼下、蒲萄深碧。
犹自带、岷峨雪浪，
锦江春色。
君是南山遗爱守，
我为剑外思归客。
对此间、风物岂无情，
殷勤说。

《江表传》，君休读。
狂处士，真堪惜。
空洲对鹦鹉，苇花萧瑟。
独笑书生争底事，
曹公黄祖俱飘忽。
愿使君、还赋谪仙诗，
追黄鹤。

【校】元本无“使”字，从毛本。毛本“不”字脱。

【注】案是词当在黄州作，附编于此。

情所至不自知返則朋友之憂蓋未可已
伏惟深照死生聚散之常理悟憂哀
之無益釋然自勉以就
遠業 軾蒙
交照之厚故吐不諱之言必深察也本欲
便往面慰又恐悲哀中反更撓亂進
不皇惟万万
寬懷毋忽鄙言也不一一 軾再拜

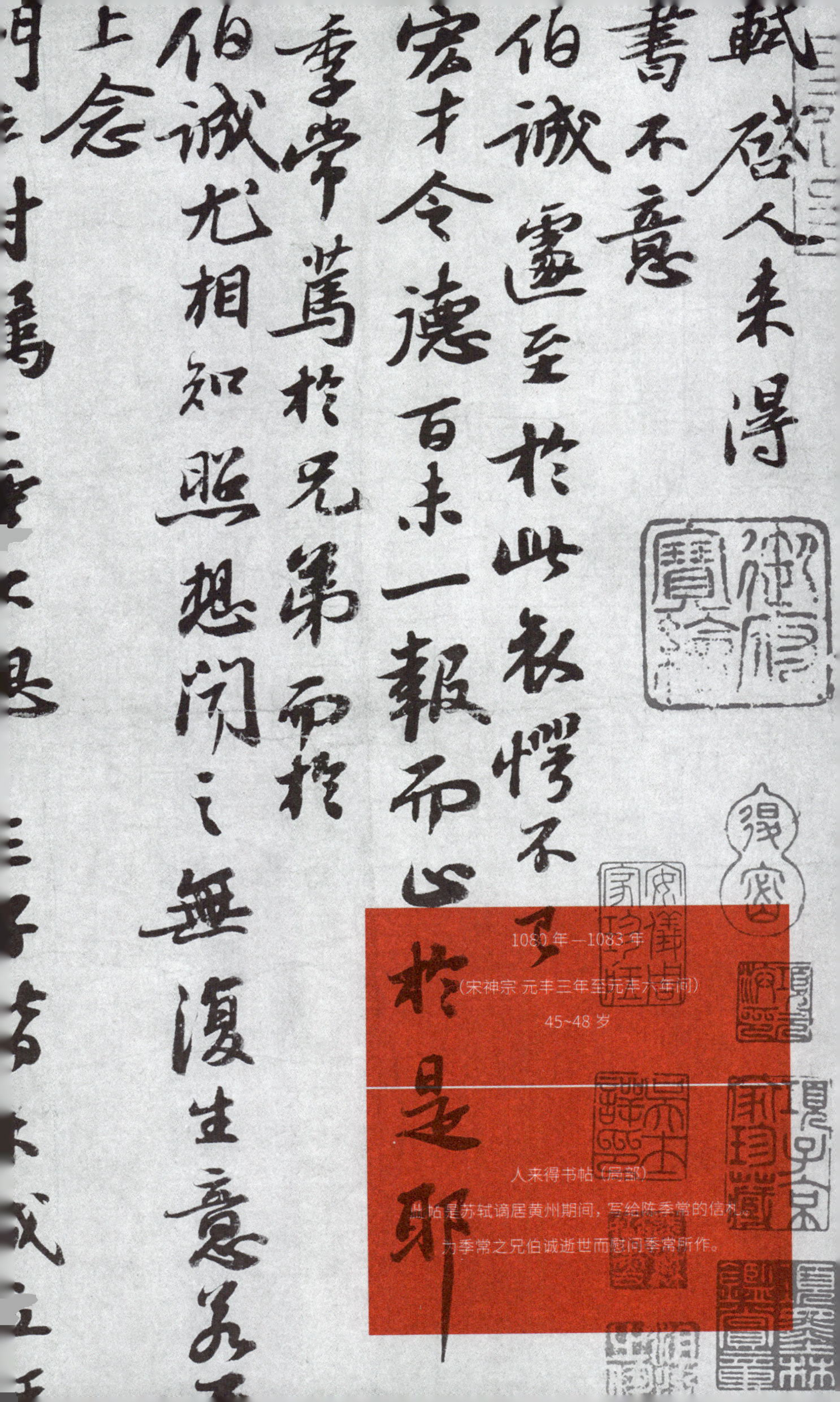

1080 年—1083 年

（宋神宗 元丰三年至元丰六年间）

45~48 岁

人来得书帖（局部）

此帖是苏轼谪居黄州期间，写给陈季常的信札。

为季常之兄伯诚逝世而慰问季常所作。

1082

卷二

47～65岁

1100

1082

壬戌，宋神宗元丰五年，

47 岁，

谪居黄州，筑雪堂。

三月，

寒食节作《寒食诗》二首。

七月，

泛舟赤壁，作《赤壁赋》，

赤壁怀古，赋《念奴娇》（大江东去）。

十月十五日夜，

复游赤壁，作《后赤壁赋》。

本月以后，自临皋亭迁居雪堂。

是年，

东坡收大麦二十余石，乃舂为饭，

或杂以小豆，妻王氏谓之“新样二红饭”。

同年，

宋神宗命给事中徐禧、鄜延道总管种谔带兵攻西夏，

准备一举灭西夏。

永乐城之战，宋军大败。

宋神宗闻讯，对辅臣痛哭失声，

此后始悔悟，不再轻言开战。

水龙吟

闾丘大夫孝终公显尝守黄州，作栖霞楼，为郡中绝胜。元丰五年，余谪居黄，正月十七日，梦扁舟渡江，中流回望，楼中歌乐杂作，舟中人言公显方会客也。觉而异之，乃作此曲，盖越调《鼓笛慢》。公显时已致仕，在苏州。

小舟横截春江，
卧看翠壁红楼起。
云间笑语，使君高会，
佳人半醉。
危柱哀弦，艳歌余响，
绕云萦水。
念故人老大，风流未减，
空回首、烟波里。

推枕惘然不见，
但空江、月明千里。
五湖闻道，扁舟归去，
仍携西子。
云梦南州，武昌东岸，
昔游应记。
料多情梦里，端来见我，
也参差是。

【校】毛本题“终”误作“直”，“盖越调”六字阙，“空”作“独”，“东”作“南”。

【注】《年谱》：壬戌，梦扁舟望栖霞，作《鼓笛慢》。《纪年录》：壬戌作。

《荆州记》：栖霞楼，宋临川康王义庆建。《诗集》施注：许端夫《齐安拾遗》云：栖霞楼在郡城最高处，江淮绝境也。

江城子

陶渊明以正月五日游斜川，临流班坐，顾瞻南阜，爱曾城之独秀，乃作《斜川诗》，至今使人想见其处。元丰壬戌之春，余躬耕于东坡，筑雪堂居之。南挹四望亭之后丘，西控北山之微泉。慨然而叹，此亦斜川之游也。乃作长短句，以《江城子》歌之。

梦中了了醉中醒。
只渊明，是前生。
走遍人间，依旧却躬耕。
昨夜东坡春雨足，
乌鹊喜，报新晴。

雪堂西畔暗泉鸣。
北山倾，小溪横。
南望亭丘，孤秀耸曾城。
都是斜川当日境，
吾老矣，寄余龄。

【校】元本题“使”作“彼”。从毛本。

【注】《年谱》：壬戌作。王《案》：壬戌二月作。

定风波

三月七日，沙湖道中遇雨，雨具先去，同行皆狼狈，余独不觉。已而遂晴，故作此。

莫听穿林打叶声，
何妨吟啸且徐行。
竹杖芒鞋轻胜马，
谁怕？
一蓑烟雨任平生。

料峭春风吹酒醒，
微冷，山头斜照却相迎。
回首向来萧瑟处，
归去，
也无风雨也无晴。

【校】元本题无“独”字，“蓑”作“莎”。从毛本。毛本“萧瑟”作“潇洒”。

【注】王《案》：壬戌，相田至沙湖，道中遇雨作。

浣溪沙

游蕲水清泉寺。寺临兰溪，溪水西流。

山下兰芽短浸溪，
松间沙路净无泥。
萧萧暮雨子规啼。

谁道人生无再少，
门前流水尚能西。
休将白发唱黄鸡。

【注】王《案》：壬戌三月，与庞医游清泉寺，饮王羲之洗笔泉，徜徉兰溪之上作。

本集《书清泉寺词》：清泉寺在蕲水郭门外二里许，有王逸少洗笔泉，水极甘。下临兰溪，溪水西流。

西江月

顷在黄州，春夜行蕲水中，过酒家，饮酒醉。乘月至一溪桥上，解鞍，曲肱醉卧少休。及觉已晓，乱山攒拥，流水锵然，疑非尘世也。书此语桥柱上。

照野弥弥浅浪，
横空隐隐层霄。
障泥未解玉骢骄，
我欲醉眠芳草。

可惜一溪风月，
莫教踏碎琼瑶。
解鞍攲枕绿杨桥，
杜宇一声春晓。

【校】元本题首有"公自序云"四字。毛本题无"顷在黄州""醉卧""流水锵然"十字，"攒拥"作"葱茏"，"疑非尘世"作"不谓人世"，"语"作"词"，"隐隐"作"暧暧"，"层"作"微"，"风"作"明"，"一声"作"数声"。

【注】《年谱》：壬戌三月作。

满江红

董毅夫名钺，自梓漕得罪，罢官东川。归鄱阳，过东坡于齐安。怪其丰暇自得，余问之，曰："吾再娶柳氏，三日而去官。吾固不戚戚，而忧柳氏不能忘怀于进退也。已而欣然，同忧患若处富贵，吾是以益安焉。"命其侍儿歌其所作《满江红》。嗟叹之不足，乃次其韵。

忧喜相寻，
风雨过、一江春绿。
巫峡梦、至今空有，
乱山屏簇。
何似伯鸾携德耀，
箪瓢未足清欢足。
渐粲然、光彩照阶庭，
生兰玉。

幽梦里，传心曲。
肠断处，凭他续。
文君婿知否，笑君卑辱。
君不见《周南》歌《汉广》，
天教夫子休乔木。
便相将、左手抱琴书，
云间宿。

【校】毛本题无"罢官东川""余问之"七字，"嗟叹"上有"东坡"二字，"毅"作"义"，"梓"作"倅"，"过"作"遇"，"若"作"如"，"命其侍儿"作"乃令家僮"，"粲"作"灿"。

【注】王《案》：壬戌三月，和董钺。又曰：董义夫因朱寿昌纳交于公，不一年，以病没。见本集《与蔡景繁书中》。至公《与朱蔡书》及《满江红》词叙均作义夫，独《哨遍》词叙作毅夫。义略可通毅，似两用之者。

哨遍

陶渊明赋《归去来》，有其词而无其声。余既治东坡，筑雪堂于上，人俱笑其陋，独鄱阳董毅夫过而悦之，有卜邻之意。乃取《归去来词》，稍加檃栝，使就声律，以遗毅夫。使家僮歌之，时相从于东坡，释耒而和之，扣牛角而为之节，不亦乐乎？

为米折腰，因酒弃家，
口体交相累。
归去来，谁不遣君归？
觉从前皆非今是。
露未晞，征夫指予归路，
门前笑语喧童稚。
嗟旧菊都荒，
新松暗老，吾年今已如此。
但小窗容膝闭柴扉，
策杖看孤云暮鸿飞。
云出无心，鸟倦知还，
本非有意。

噫！归去来兮，
我今忘我兼忘世。

【校】毛本“志”作“愿”。

【注】《纪年录》：壬戌春，以渊明《归去来辞》檃栝为《哨遍》。

亲戚无浪语，琴书中有真味。
步翠麓崎岖，泛溪窈窕，
涓涓暗谷流春水。
观草木欣荣，幽人自感，
吾生行且休矣。
念寓形宇内复几时，
不自觉皇皇欲何之。
委吾心、去留谁计？
神仙知在何处，富贵非吾志。
但知临水登山啸咏，
自引壶觞自醉。
此生天命更何疑，
且乘流、遇坎还止。

渔家傲

赠曹光州

些小白须何用染，
几人得见星星点。
作郡浮光虽似箭。
君莫厌，
也应胜我三年贬。

我欲自嗟还不敢，
向来三郡宁非忝。
婚嫁事稀年冉冉。
知有渐，
千钧重担从头减。

【校】元本无。

【注】王《案》：壬戌六月，曹焕来谒。为《渔家傲》，使焕寄其父九章。

本集《吊李台卿诗叙》：曹光州演甫以书报其亡。查注：曹光州，曹焕九章之父。王文诰曰：本集《记朱元经》云：光州有朱元经道人者，百许岁。闻其死，故人曹九章适为光守，敛葬之。又《记神清洞》云：苏辙之婿曹焕。又《栾城集》《祭曹演父文》云：始于朋友，求我婚姻。匪我知公，我兄实知。以上合诗叙观之，皆曹光州名九章、字演甫之确证，而其子则焕也。

定风波

元丰五年七月六日，王文甫家饮酿白酒，大醉。集古句作墨竹词。

雨洗娟娟嫩叶光，
风吹细细绿筠香。
秀色乱侵书帙晚，
帘卷，
清阴微过酒尊凉。

人画竹身肥拥肿，
何用？先生落笔胜萧郎。
记得小轩岑寂夜，
廊下，
月和疏影上东墙。

【校】毛本题“五年”作“六年”，“娟娟”作“涓涓”。

【注】《年谱》：壬戌，饮王文甫家作。《纪年录》：壬戌作。

《诗集》查注：王齐万，蜀人，时寓居武昌县。王文诰曰：齐万字子辩，乃齐愈字文甫之弟。其居在武昌之东湖，与伍洲相对。

洞仙歌

余七岁时，见眉山老尼，姓朱，忘其名，年九十岁。自言尝随其师入蜀主孟昶宫中。一日大热，蜀主与花蕊夫人夜纳凉摩诃池上，作一词，朱具能记之。今四十年，朱已死久矣，人无知此词者。但记其首两句，暇日寻味，岂《洞仙歌令》乎？乃为足之云。

冰肌玉骨，自清凉无汗。
水殿风来暗香满。
绣帘开、一点明月窥人，
人未寝，攲枕钗横鬓乱。

起来携素手，庭户无声，
时见疏星渡河汉。
试问夜如何？
夜已三更，
金波淡、玉绳低转。
但屈指西风几时来，
又不道流年，暗中偷换。

【校】毛本题无“久”字、“云”字，“九十岁”作“九十余”，“纳凉”作“起避暑”，“但”作“独”，“三更”上衍“是”字。

【注】案公生丙子，七岁为壬午，又四十年为壬戌也。

念奴娇

赤壁怀古

大江东去，
浪淘尽、千古风流人物。
故垒西边，
人道是、三国周郎赤壁。
乱石崩云，惊涛裂岸，
卷起千堆雪。
江山如画，一时多少豪杰。

遥想公瑾当年，
小乔初嫁了，雄姿英发。
羽扇纶巾，
谈笑间、强虏灰飞烟灭。
故国神游，多情应笑我，
早生华发。
人间如梦，一尊还酹江月。

【校】毛本“崩云”作“穿空”，“裂”作“拍”。

【注】《纪年录》：壬戌七月作。

又

中秋

凭高眺远，见长空万里，
云无留迹。
桂魄飞来光射处，
冷浸一天秋碧。
玉宇琼楼，乘鸾来去，
人在清凉国。
江山如画，望中烟树历历。

我醉拍手狂歌，举杯邀月，
对影成三客。
起舞徘徊风露下，
今夕不知何夕。
便欲乘风，翻然归去，
何用骑鹏翼。
水晶宫里，一声吹断横笛。

【校】元本无。

【注】王《案》：壬戌八月十五日作。

南乡子

重九，涵辉楼呈徐君猷。

霜降水痕收，
浅碧鳞鳞露远洲。
酒力渐消风力软，
飕飕。
破帽多情却恋头。

佳节若为酬，
但把清尊断送秋。
万事到头都是梦，
休休。
明日黄花蝶也愁。

【注】《纪年录》：壬戌作。

临江仙

夜饮东坡醒复醉，
归来仿佛三更。
家童鼻息已雷鸣。
敲门都不应，
倚杖听江声。

长恨此身非我有，
何时忘却营营。
夜阑风静縠纹平。
小舟从此逝，
江海寄余生。

【注】王《案》：壬戌九月，雪堂夜饮，醉归临皋作。

《避暑录》：子瞻在黄州，与数客饮江上。夜归，江面际天，风露浩然，有当其意，乃作歌词，所谓“小舟从此逝，江海寄余生”者，与客大歌数过而散。翼日喧传子瞻夜作此词，挂冠服江边，拏舟长啸去矣。郡守徐君猷闻之惊且惧，以为州失罪人，急命驾往谒，则子瞻鼻鼾如雷，犹未兴也。然此语卒传至京师，裕陵亦闻而疑之。

减字木兰花

赠徐君猷三侍人，一妩卿。

娇多媚杀，

体柳轻盈千万态。

殢主尤宾，

敛黛含颦喜又瞋。

徐君乐饮，

笑谑从伊情意恁。

脸嫩肤红，

花倚朱阑裹住风。

【校】元本无。

又

胜之

【校】元本无。

双鬟绿坠，
娇眼横波眉黛翠。
妙舞蹁跹，
掌上身轻意态妍。

曲穷力困，
笑倚人旁香喘喷。
老大逢欢，
昏眼犹能子细看。

又

庆姬

天真雅丽，
容态温柔心性慧。
响亮歌喉，
遏住行云翠不收。

妙词佳曲，
啭出新声能断续。
重客多情，
满劝金卮玉手擎。

【校】元本无。

【注】王《案》：壬戌十二月，张商英过黄州，会于徐大受席上作。

《春渚纪闻》：张无尽过黄州，徐君猷有四侍人，适张夫人携其一往婿家为浴儿之会，无尽因戏语云："厥有美妾，良由令妻。"公即续之云："道得征章郑赵，姓称孙姜阎齐。浴儿于玉润之家，一夔足矣；侍坐于冰清之仄，三英粲兮。"既暮而张夫人还，其一还，乃阎姬也，最为徐所宠。

又

赠君猷家姬

柔和性气，
雅称佳名呼懿懿。
解舞能讴，
绝妙年中有品流。

【校】元本无。

眉长眼细，
淡淡梳妆新绾髻。
懊恼风情，
春著花枝百态生。

又

赠胜之

天然宅院，
赛了千千并万万。
说与贤知，
表德元来是胜之。

今来十四，
海里猴儿奴子是。
要赌休痴，
六只骰儿六点儿。

西江月

送建溪双井茶、谷帘泉与胜之。徐君猷家后房，甚慧丽，自陈叙本贵种也。

龙焙今年绝品，
谷帘自古珍泉。
雪芽双井散神仙，
苗裔来从北苑。

汤发云腴酽白，
盏浮花乳轻圆。
人间谁敢更争妍，
斗取红窗粉面。

【校】毛本题作“送茶并谷帘与王胜之”。

【注】《诗集》查注：《茶事杂录》：双井在宁州西三十里，黄山谷所居也。其南溪心有二井，土人汲以造茶，为草茶第一。《方舆记》：谷帘泉在南康府城西，泉水如帘，布岩而下，三十余派。陆羽品其味，为天下第一。

菩萨蛮

赠徐君猷笙妓

碧纱微露纤掺玉，
朱唇渐暖参差竹。
越调变新声，
龙吟彻骨清。

夜阑残酒醒，
惟觉霜袍冷。
不见敛眉人，
胭脂觅旧痕。

【校】毛本无题，“掺”作“纤”，次句作“一曲云和湘水绿”，“阑”作“长”，“惟”作“顿”，“敛眉”作“意中”，“胭脂觅”作“新啼压”。

【注】案四词皆在黄州作，以类编。

醉翁操

琅琊幽谷，山川奇丽，泉鸣空涧，若中音会。醉翁喜之，把酒临听，辄欣然忘归。既去十余年，而好奇之士沈遵闻之往游，以琴写其声，曰《醉翁操》。节奏疏宕而音指华畅，知琴者以为绝伦。然有其声而无其辞，翁虽为作歌，而与琴声不合。又依《楚词》作《醉翁引》，好事者亦倚其辞以制曲，虽粗合韵度，而琴声为词所绳约，非天成也。后三十余年，翁既捐馆舍，遵亦没久矣。有庐山玉涧道人崔闲，特妙于琴，恨此曲之无词，乃谱其声，而请东坡居士以补之云。

琅然，清圜，谁弹？
响空山，无言，
惟翁醉中知其天。
月明风露娟娟，人未眠。
荷蒉过山前，
曰有心也哉此贤。

醉翁啸咏，声和流泉。
醉翁去后，空有朝吟夜怨。
山有时而童巅，
水有时而回川，
思翁无岁年。
翁今为飞仙，此意在人间，
试听徽外三两弦。

【校】元本、毛本俱无，从后集补。

【注】王《案》：壬戌，为崔闲作。案《词谱》云，此本琴曲，所以苏词不载。自辛稼轩编入词中，后遂沿为词调。今遵此说补编。

1082 年

壬戌
（宋神宗 元丰五年）

47 岁

寒食帖（局部）

此帖又名《黄州寒食帖》或《黄州寒食诗帖》，是苏轼行书的代表作。谪居黄州至第三年寒食节，苏轼作寒食诗两首，诗作苍凉孤独，其书则起伏跌宕、气势奔放，被誉为“天下第三行书”。

破竈燒濕葦那
知是寒食但見烏
銜紙君門深

卜算子

黄州定慧院寓居作

缺月挂疏桐，
漏断人初静。
谁见幽人独往来，
缥缈孤鸿影。

惊起却回头，
有恨无人省。
拣尽寒枝不肯栖，
寂寞沙洲冷。

【校】元本末句作“枫落吴江冷”，从毛本。毛本题作“惠州有温都监女，颇有色，年十六，不肯嫁人。闻坡至甚喜，每夜闻坡讽咏，则徘徊窗下。坡觉而推窗，则其女逾墙而去。坡从而物色之，曰：‘吾当呼王郎与之子为姻。’未几而坡过海，女遂卒，葬于沙滩侧。坡回惠，为赋此词”。

【注】王《案》：壬戌十二月作。

1083

癸亥，宋神宗元丰六年，

48 岁，

谪居黄州。

八月，

徐君猷罢黄州太守，离任。

赋《好事近》（红粉莫悲啼）相赠。

苏轼居黄州，多得君猷照应。

九月，

四子苏遁生，母王朝云。

是岁，

友人钦之求近文，

苏轼遂书《赤壁赋》寄之，

嘱其深藏不出，

盖以多难畏事也。

满庭芳

有王长官者，弃官黄州，三十三年，黄人谓之王先生。因送陈慥来过余，因为赋此。

三十三年，今谁存者？
算只君与长江。
凛然苍桧，霜干苦难双。
闻道司州古县，
云溪上、竹坞松窗。
江南岸，不因送子，
宁肯过吾邦。

枞枞，疏雨过，
风林舞破，烟盖云幢。
愿持此邀君，一饮空缸。
居士先生老矣，
真梦里、相对残釭。
歌声断，行人未起，
船鼓已逢逢。

【校】毛本题无“黄州”二字，“声”作“舞”。

【注】王《案》：癸亥五月，陈慥报荆南庄田，同王长官来作。

水调歌头

黄州快哉亭赠张偓佺。

落日绣帘卷，亭下水连空。
知君为我新作，
窗户湿青红。
长记平山堂上，
攲枕江南烟雨，
渺渺没孤鸿。
认得醉翁语，山色有无中。

一千顷，都镜净，倒碧峰。
忽然浪起，
掀舞一叶白头翁。
堪笑兰台公子，
未解庄生天籁，
刚道有雌雄。
一点浩然气，千里快哉风。

【校】毛本题作“快哉亭作”。

【注】《纪年录》：癸亥作。王《案》：癸亥六月，张梦得营新居于江上，筑亭，公榜曰“快哉亭”，作《水调歌头》。

《栾城集》《黄州快哉亭记》：清河张君梦得谪居齐安，即其庐之西南为亭，以览睹江流之胜，而余兄子瞻名之曰“快哉”。王文诰曰：梦得又字偓佺。

蝶恋花

送潘大临

别酒劝君君一醉。
清润潘郎，
又是何郎婿。
记取钗头新利市，
莫将分付东邻子。

回首长安佳丽地。
三十年前，
我是风流帅。
为向青楼寻旧事，
花枝缺处余名字。

【校】元本无。

【注】案《能改斋漫录》载此词，谓是公在黄州送潘邠老省试作。疑在癸亥年。

醉蓬莱

余谪居黄州，三见重九，每岁与太守徐君猷会于栖霞楼。今年公将去，乞郡湖南。念此惘然，故作是词。

笑劳生一梦，
羁旅三年，又还重九。
华发萧萧，对荒园搔首。
赖有多情，好饮无事，
似古人贤守。
岁岁登高，年年落帽，
物华依旧。

此会应须烂醉，
仍把紫菊红萸，细看重嗅。
摇落霜风，有手栽双柳。
来岁今朝，为我西顾，
酹羽觞江口。
会与州人，饮公遗爱，
一江醇酎。

【校】毛本题作“重九上君猷”，“红”作“茱”。

【注】《年谱》：壬戌重九作。《纪年录》：癸亥君猷将去作。

好事近

黄州送君猷

红粉莫悲啼，
俯仰半年离别。
看取雪堂坡下，
老农夫凄切。

明年春水漾桃花，
柳岸隘舟楫。
从此满城歌吹，
看黄州阗咽。

【校】毛本题无“黄州”二字。

【注】《纪年录》：癸亥，君猷将去作。王《案》：此词乃君猷置家于黄而去，故云“半年离别”也。

定风波

王定国歌儿曰柔奴，姓宇文氏，眉目娟丽，善应对，家世住京师。定国南迁归，余问柔："广南风土应是不好？"柔对曰："此心安处，便是吾乡。"因为缀词云。

常羡人间琢玉郎，
天应乞与点酥娘。
自作清歌传皓齿，
风起，
雪飞炎海变清凉。

万里归来年愈少，
微笑，笑时犹带岭梅香。
试问岭南应不好，
却道，
此心安处是吾乡。

【校】元本题作"海南归赠王定国侍儿寓娘"，"酥"作"苏"。从毛本。毛本"应乞与"作"教分付"，"年"作"颜"，"笑时"作"时时"。

【注】案本集《王定国诗集序》云：定国以余故，贬海上三年。又《次韵王巩南迁初归》诗，施注编癸亥，词亦是年之作。

《诗集》施注：王巩字定国，文正公旦之孙，懿敏公素之子。从东坡学为文，东坡下御史狱，而定国亦坐累贬宾州监酒税，凡三年，亦几死，而无幽忧愤叹之意。张宗橚曰：柔奴或作寓娘，考《柳州志》，王巩侍儿柔奴，与词叙同。

鹧鸪天

林断山明竹隐墙，
乱蝉衰草小池塘。
翻空白鸟时时见，
照水红蕖细细香。

村舍外，古城旁，
杖藜徐步转斜阳。
殷勤昨夜三更雨，
又得浮生一日凉。

【校】毛本题作“时谪黄州”。

【注】案公以甲子四月去黄，此词乃六月景事，酌编癸亥。

十拍子

白酒新开九酝，
黄花已过重阳。
身外傥来都似梦，
醉里无何即是乡。
东坡日月长。

玉粉旋烹茶乳，
金齑新捣橙香。
强染霜髭扶翠袖，
莫道狂夫不解狂。
狂夫老更狂。

【校】元本“粉”误作“尘”。从毛本。
毛本题作“暮秋”。
【注】王《案》：癸亥九月作。

南歌子

黄州腊八日，饮怀民小阁。

卫霍元勋后，
韦平外族贤。
吹笙只合在缑山，
同驾彩鸾归去趁新年。

烘暖烧香阁，
轻寒浴佛天。
他时一醉画堂前，
莫忘故人憔悴老江边。

【校】毛本题“腊”下有“月”字，“同”作“间”。

【注】王《案》：癸亥，饮张梦得小阁作。

1084

甲子，宋神宗元丰七年，

49 岁。

正月，

宋神宗手札，移苏轼为汝州团练副使、本州安置。

三月，

移汝州告下，以雪堂付潘大临、潘大观居住。

并托潘丙照管。在黄州期间，与程颐交恶，结怨始此。

四月，

将自黄移汝，

赋《满庭芳》（归去来兮，吾归何处）留别雪堂邻里。

至筠州，与弟苏辙见。

临别，苏辙以“慎于口舌”相戒。

七月，

幼子苏遁殇于金陵，哭以诗。

在金陵，时常与隐钟山之王安石相晤，二人论文赋诗，

彼此倾慕，相约卜邻，留一月别去。

十月，

于扬州上表，乞留居常州。

满庭芳

元丰七年四月一日，余将去黄移汝，留别雪堂邻里二三君子。会李仲览自江东来别，遂书以遗之。

归去来兮，吾归何处，
万里家在岷峨。
百年强半，来日苦无多。
坐见黄州再闰，
儿童尽楚语吴歌。
山中友，鸡豚社酒，
相劝老东坡。

云何，当此去，
人生底事，来往如梭？
待闲看秋风，洛水清波。
好在堂前细柳，
应念我、莫翦柔柯。
仍传语，江南父老，
时与晒渔蓑。

【校】毛本题“去”作“自”，“州”作“洲”，“酒”作“饮”，“此”作“远”。

【注】《纪年录》：甲子作。王《案》：甲子三月，告下，特授检校尚书水部员外郎，汝州团练副使，本州安置。

《雪山集》：杨元素起为富川，闻先生自黄移汝，欲顺大江逆西江适筠见子由，令富川弟子员李翔要先生道富川，《满庭芳》叙所谓“会李仲览自江南来”者是。

西江月

姑熟再见胜之，次前韵。

别梦已随流水，
泪巾犹裛香泉。
相如依旧是臞仙，
人在瑶台阆苑。

花雾萦风缥缈，
歌珠滴水清圆。
蛾眉新作十分妍，
走马归来便面。

【校】毛本注：“或刻山谷词。”

【注】《挥麈后录》：徐君猷后房甚盛，东坡尝闻堂上丝竹，词中所谓“表德原来字胜之”者，所最宠也。东坡北归过南都，其人已归张乐全之子厚之恕矣。东坡复见之，不觉掩面号恸，妾乃顾其徒而大笑。东坡每以语人，为蓄婢之戒。案公去黄北归过姑熟，在甲子七月。

渔家傲

金陵赏心亭送王胜之龙图。王守金陵，视事一日，移南郡。

千古龙蟠并虎踞，
从公一吊兴亡处。
渺渺斜风吹细雨。
芳草渡，
江南父老留公住。

公驾风车凌彩雾，
红鸾骖乘青鸾驭。
却讶此洲名白鹭。
非吾侣，
翩然欲下还飞去。

【校】毛本“风车”作“飞车”，“翩”作“翻”。

【注】《纪年录》：甲子作。王《案》：甲子八月，与王益柔游蒋山作。

《诗集》施注：王胜之名益柔，河南人，枢密使晦叔子也。抗直尚气，喜论天下事。用荫入官，历知制诰直学士院，连守大郡。至江宁才一日，移守南郡。

浣溪沙

席上赠楚守田待问小鬟

学画鸦儿正妙年，
阳城下蔡困嫣然。
凭君莫唱短因缘。

雾帐吹笙香袅袅，
霜庭按舞月娟娟。
曲终红袖落双缠。

【校】毛本题作“赠楚守田待制小鬟”。

又

一梦江湖费五年，
归来风物故依然。
相逢一醉是前缘。

迁客不应常眊矂，
使君为出小婵娟。
翠鬟聊著小诗缠。

【校】毛本“逢”作“从”。

【注】《纪年录》：戊午，赠田楚州小鬟作。案戊午，公未尝至楚州。己未，自徐道楚，到湖州任。甲子，乞常，赴南都，再过楚州，中间谪黄五载，故次首有“一梦五年”之语。王《案》谓公过淮上，正待问官楚州时，改编是词于甲子。从之。

王文诰曰：待问字仲宣。

虞美人

波声拍枕长淮晓，
隙月窥人小。
无情汴水自东流，
只载一船离恨向西州。

竹溪花浦曾同醉，
酒味多于泪。
谁教风鉴在尘埃，
酝造一场烦恼送人来。

【校】毛本题作“东坡与少游维扬饮别，作此词”。

【注】王《案》：甲子十一月，与秦观淮上饮别作。此词作于淮上，词意甚明，而《冷斋夜话》以为维扬饮别者，误。公与少游未尝遇于维扬，且少游见公金山而归，有公竹西所寄书为据。

行香子

与泗守过南山，晚归作。

北望平川，野水荒湾，
共寻春、飞步孱颜。
和风弄袖，香雾萦鬟。
正酒酣时，
人语笑，白云间。

飞鸿落照，相将归去。
淡娟娟、玉宇清闲。
何人无事，宴坐空山。
望长桥上，
灯火乱，使君还。

【校】元本无题。从毛本。毛本"时"作"适"。

【注】《纪年录》：甲子十二月作。王《案》：甲子，与刘士彦山行晚归作。

《挥麈后录》：东坡自黄州移汝州，舟次泗上，偶作词云："何人无事，宴坐空山。望长桥上，灯火闹，使君还。"太守刘士彦，本出法家，山东木强人也。闻之，亟谒东坡，曰："知有新词。学士名满天下，京师便传。在法，泗州夜过长桥者徒二年，况知州耶？"切告收起，勿以示人。

如梦令

元丰七年十二月十八日，浴泗州雍熙塔下，戏作《如梦令》两阕。此曲本唐庄宗制，名《忆仙姿》，嫌其名不雅，故改为《如梦令》。庄宗作此词，卒章云："如梦，如梦，和泪出门相送。"因取以为名云。

水垢何曾相受，
细看两俱无有。
寄语揩背人，
尽日劳君挥肘。
轻手，轻手，
居士本来无垢。

【校】毛本题无"两"字。

又

自净方能净彼，
我自汗流呀气。
寄语澡浴人，
且共肉身游戏。
但洗，但洗，
俯为人间一切。

【校】毛本“净彼”作“洗彼”。

【注】《纪年录》：甲子作。

浣溪沙

元丰七年十二月二十四日，从泗州刘倩叔游南山。

细雨斜风作小寒，
淡烟疏柳媚晴滩。
入淮清洛渐漫漫。

雪沫乳花浮午盏，
蓼茸蒿笋试春盘。
人间有味是清欢。

【校】毛本"小"作"晓"，"茸"作"芽"。

【注】《纪年录》：甲子作。王《案》：甲子同刘倩叔游都梁山作。

满庭芳

余年十七，始与刘仲达往来于眉山。今年四十九，相逢于泗上。淮水浅冻，久留郡中。晦日同游南山，话旧感叹，因作《满庭芳》云。

三十三年，飘流江海，
万里烟浪云帆。
故人惊怪，憔悴老青衫。
我自疏狂异趣，
君何事、奔走尘凡。
流年尽，穷途坐守，
船尾冻相衔。

巉巉，淮浦外，
层楼翠壁，古寺空岩。
步携手林间，笑挽攕攕。
莫上孤峰尽处，
萦望眼、云海相搀。
家何在，因君问我，
归梦绕松杉。

【校】毛本题“淮”作“洛”，“云海”作“云水”，“梦”作“步”。

【注】《纪年录》：甲子作。

案刘仲达名巨，《年谱》作元达。

辰如昨

二哥之春 時有書問往還

甚安也 子由不住得書甚健

會合何时惟祝倍万

保嗇不宣 栻 再拜

德鴻運使金部老弟 [illegible]

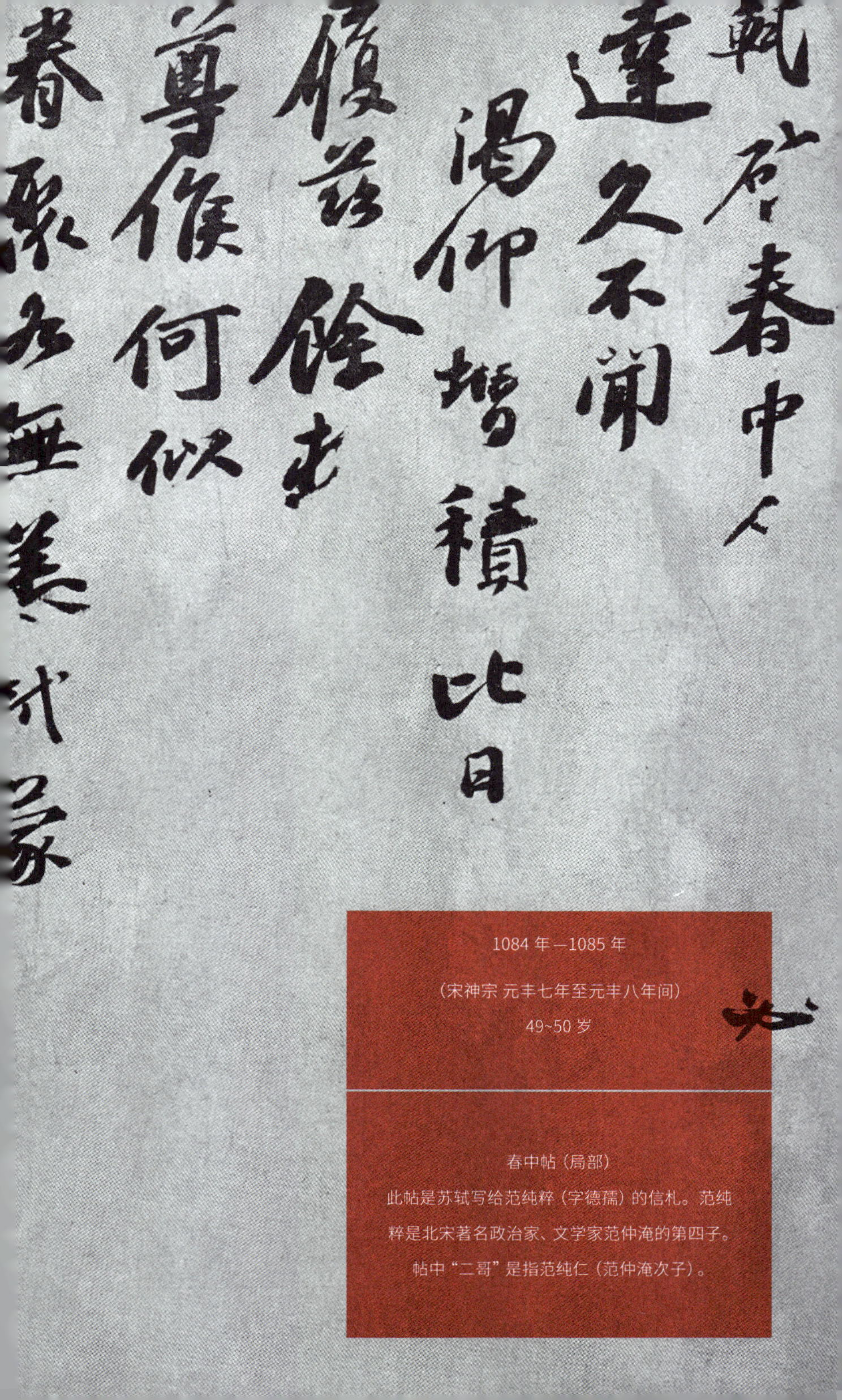

1084 年—1085 年

（宋神宗 元丰七年至元丰八年间）

49~50 岁

春中帖（局部）

此帖是苏轼写给范纯粹（字德孺）的信札。范纯粹是北宋著名政治家、文学家范仲淹的第四子。帖中“二哥”是指范纯仁（范仲淹次子）。

水龙吟

昔谢自然欲过海求师蓬莱，至海中，或谓自然："蓬莱隔弱水三十万里，不可到。天台有司马子微，身居赤城，名在绛阙，可往从之。"自然乃还，受道于子微，白日仙去。子微著《坐忘论》七篇，《枢》一篇。年百余，将终，谓弟子曰："吾居玉霄峰，东望蓬莱，尝有真灵降焉。今为东海青童君所召。"乃蝉脱而去。其后李太白作《大鹏赋》云："尝见子微于江陵，谓余有仙风道骨，可与神游八极之表。"元丰七年冬，余过临淮，而湛然先生梁公在焉，童颜清彻，如二三十许人，然人亦有自少见之者。善吹铁笛，嘹然有穿云裂石之声。乃作《水龙吟》一首，记子微、太白之事，倚其声而歌之。

古来云海茫茫，
道山绛阙知何处？
人间自有，赤城居士，
龙蟠凤翥。
清净无为，《坐忘》遗照，
八篇奇语。
向玉霄东望，蓬莱晻霭，
有云驾，骖风驭。

行尽九州四海，
笑纷纷、落花飞絮。
临江一见，谪仙风采，
无言心许。
八表神游，浩然相对，
酒酣箕踞。
待垂天赋就，骑鲸路稳，
约相将去。

【校】元本无题。从毛本。毛本"道"作"蓬"，"翥"作"举"。

【注】《年谱》：甲子作。《纪年录》：甲子冬作。

1085

乙丑，宋神宗元丰八年，

50 岁，

宋神宗准允居常州请。

三月，

宋神宗崩，皇太子煦即位，是为宋哲宗。

五月，

诏责授汝州团练副使、

本州安置苏轼复朝奉郎、知登州。

七月，

自常州赴登州。

十月，

到登州任。同月，以礼部郎中召还。

十二月，

除起居舍人。

本月，同司马光就免役法进行争论，

草《论给田募役状》。

是年，

秦观登进士第。

满庭芳

余谪居黄州五年，将赴临汝，作《满庭芳》一篇别黄人。既至南都，蒙恩放归阳羡，复作一篇。

归去来兮，清溪无底，
上有千仞嵯峨。
画楼东畔，天远夕阳多。
老去君恩未报，
空回首、弹铗悲歌。
船头转，长风万里，
归马驻平坡。

无何，何处有，
银潢尽处，天女停梭。
问何事人间，久戏风波。
顾谓同来稚子，
应烂汝、腰下长柯。
青衫破，群仙笑我，
千缕挂烟蓑。

【校】毛本题无“谪”字、“州”字，“别”上有“以”字，“楼”作“桥”，“东”作“西”，“何处有”作“何处是”，“何事人间”作“人间何事”，“谓”作“问”。

【注】《纪年录》：乙丑作。王《案》：乙丑二月，告下，仍以检校尚书水部员外郎、团练副使，不得签书公事，常州居住，再作《满庭芳》词。

南乡子

宿州上元

千骑试春游，
小雨如酥落便收。
能使江东归老客，
迟留，
白酒无声滑泻油。

飞火乱星球，
浅黛横波翠欲流。
不似白云乡外冷，
温柔，
此去淮南第一州。

【校】毛本无。

【注】案本集《泗岸喜题》云：谪居黄州五年，今日离泗州北行，岸上闻骡驮铎声空笼，意亦欣然。元丰八年正月四日书。据此则上元至宿州，情事适合，编乙丑。

又

用前韵，赠田叔通舞鬟。

绣鞅玉镮游，
灯晃帘疏笑却收。
久立香车催欲上，
还留，
更且檀唇点杏油。

花遍《六幺》球，
面旋回风带雪流。
春入腰肢金缕细，
轻柔，
种柳应须柳柳州。

【校】元本无。

【注】王《案》：乙丑四月作。

又

用韵和道辅

未倦长卿游，
漫舞夭歌烂不收。
不是使君能□世，
谁留，
教有琼梳脱麝油。

香粉镂金球，
花艳红笺笔欲流。
从此丹唇并皓齿，
清柔，
唱遍山东一百州。

【校】元本无。毛本三句作“能娇世”，必误。“球”作“裘”，据前二阕韵改。

【注】案调、韵俱同前词，一时之作。

渔父

渔父饮，
谁家去，
鱼蟹一时分付。
酒无多少醉为期，
彼此不论钱数。

【校】以下四首元本、毛本俱无，从《诗集》补。

又

渔父醉，

蓑衣舞，

醉里却寻归路。

轻舟短棹任横斜，

醒后不知何处。

又

渔父醒，
春江午，
梦断落花飞絮。
酒醒还醉醉还醒，
一笑人间今古。

又

渔父笑，
轻鸥举，
漠漠一江风雨。
江边骑马是官人，
借我孤舟南渡。

【注】案张志和、戴复古皆有《渔父词》，字句各异。恭案《三希堂帖》，公书此词前二首，题作《渔父破子》，是确为长短句，而《词律》未收，前人亦无之，或公自度曲也。从《诗集》。编乙丑。

菩萨蛮

买田阳羡吾将老，
从来不为溪山好。
来往一虚舟，
聊从造物游。

有书仍懒著，
且漫歌归去。
筋力不辞诗，
要须风雨时。

【校】毛本"不为"作"只为"，"从造物"作"随物外"，"且漫"作"水调"。

【注】王《案》：乙丑五月，归宜兴作。

蝶恋花

云水萦回溪上路。
叠叠青山，
环绕溪东注。
月白沙汀翘宿鹭，
更无一点尘来处。

溪叟相看私自语。
底事区区，
苦要为官去。
尊酒不空田百亩，
归来分取闲中趣。

【校】毛本题作"述怀"，"取"作"得"。

【注】王《案》：乙丑五月，起知登州，将行，有怀荆溪作。六月，告下，复朝奉郎，起知登州军州事。

又

过涟水军，赠赵晦之

自古涟漪佳绝地。
绕郭荷花，
欲把吴兴比。
倦客尘埃何处洗，
真君堂下寒泉水。

左海门前鱼酒市。
夜半潮来，
月下孤舟起。
倾盖相逢拚一醉，
双凫飞去人千里。

【校】毛本题无“军”字，“绝”作“丽”，“鱼”作“酤”。

【注】王《案》：乙丑十月作。以吴兴比涟水，故有“绕郭荷花”之句，非十月见荷花也。

1086

丙寅，宋哲宗元祐元年，

51岁（是年词无所考）。

闰二月，

司马光为左仆射，主持政事，

尽废“新法”，是为“元祐更化”。

苏轼以免役法不当废，

多次与司马光争议，不和。

王安石变法时遭流放的郑侠上启，乞归。

四月，

王安石卒，作《王安石赠太傅制》。

九月，

司马光卒，朝廷命程颐主持司马光丧事。

程颐泥行古礼，苏轼尝戏之，结怨。

亦与程颐门人朱光庭结怨。

同月，除翰林学士，

监察御史孙升恐苏轼拜相，

奏论任用苏轼当以王安石为戒，不可加进。

十一月，

学士院策馆职，命题问仁宗、神宗之治。

十二月，

程颐门人朱光庭言馆职策题语涉讥讽，

苏轼抗章自辩。

是年，

始与黄庭坚相见。

1087

丁卯，宋哲宗元祐二年，

52岁。

年初，

就上年馆策问题，苏轼与朱光庭等争执不下。

至正月二十七日，

苏轼、朱光庭、傅尧俞等供职后，方告竟。

然朋党之祸则日盛。

时朝廷分裂为朔、蜀、洛三党，互相倾轧，

党争沦为意气之争，

朝纲不振，政风日坏。

苏轼被推为蜀党之首。

八月，

以翰林学士兼侍读。

同月，程颐罢经筵。

党争之下，苏轼屡请外补，皆不许。

水调歌头

欧阳文忠公尝问余："琴诗何者最善？"答以退之《听颖师琴》诗。公曰："此诗固奇丽，然非听琴，乃听琵琶诗也。"余深然之。建安章质夫家善琵琶者乞为歌词，余久不作，特取退之词稍加檃栝，使就声律，以遗之云。

昵昵儿女语，灯火夜微明。
恩怨尔汝来去，
弹指泪和声。
忽变轩昂勇士，
一鼓填然作气，
千里不留行。
回首暮云远，飞絮搅青冥。

众禽里，真彩凤，独不鸣。
跻攀寸步千险，
一落百寻轻。
烦子指间风雨，
置我肠中冰炭，
起坐不能平。
推手从归去，无泪与君倾。

【校】毛本题无"听"字，"公曰"上有"最善"二字，"固"作"最"，"怨"作"冤"。

【注】王《案》：乙丑十月，告下，以礼部郎中召还。丙寅，迁中书舍人、翰林学士。此词无年月可考，据《续通鉴长编》，元祐二年正月，章楶为吏部郎中，四月，出知越州。时楶正在京也，因附载于此。今从其说，编丁卯。

《诗集》查注：楶字质夫，浦城人。仕至资政殿学士，谥庄简。

水龙吟

次韵章质夫《杨花》词。

似花还似非花，
也无人惜从教坠。
抛家傍路，思量却是，
无情有思。
萦损柔肠，困酣娇眼，
欲开还闭。
梦随风万里，寻郎去处，
又还被、莺呼起。

不恨此花飞尽，
恨西园、落红难缀。
晓来雨过，遗踪何在，
一池萍碎。
春色三分，二分尘土，
一分流水。
细看来，不是杨花，
点点是离人泪。

【校】毛本“家”作“街”。

【注】案是词和章粢作，仍依王说编丁卯。

满庭芳

香馥雕盘，寒生冰箸，
画堂别是风光。
主人情重，开宴出红妆。
腻玉圆搓素颈，
藕丝嫩、新织仙裳。
歌声罢，虚檐转月，
余韵尚悠扬。

人间何处有，司空见惯，
应谓寻常。
坐中有狂客，恼乱愁肠。
报道金钗坠也，
十指露、春笋纤长。
亲曾见，全胜宋玉，
想像赋高唐。

【校】毛本题作“佳人”，“歌声”作“双歌”。

【注】王《案》：丁卯五月，集于王诜西园。张宗棣曰：案《西园雅集图》跋，此阕当在王都尉晋卿席上为峤春莺作也。

1088

戊辰，宋哲宗元祐三年，

53 岁，

以翰林学士差知贡举。

因党争不绝，率遭攻击。

正月，

侍御史王觌奏，

“苏轼不宜久在朝，宜与一郡”。

二月，

监察御史赵挺之奏苏轼主“文禁引《三经新义》”。

苏轼累次上书请求外任。

十月，

上疏力辩谤伤之由，坚乞一郡，不允。

西江月

送钱待制穆父

莫叹平齐落落，
且应去鲁迟迟。
与君各记少年时，
须信人生如寄。

白发千茎相送，
深杯百罚休辞。
拍浮何用酒为池，
我已为君德醉。

【校】毛本题无“穆父”二字，“齐”作“原”。

【注】案《诗集》施注：钱勰字穆父，以龙图阁待制知开封府。坐奏狱空不实，出知越州，时元祐三年九月。词有“去鲁”语，当为是年作。编戊辰。

1089

己巳，宋哲宗元祐四年，

54 岁。

三月，

以龙图阁学士除知杭州。

携子苏迨、苏过及夫人王闰之出京赴任。

七月，

到杭州任。

十一月，

以浙西旱灾，奏乞赈济浙西七州状。

是年，

苏辙迁吏部侍郎、翰林学士、知制诰，

出使契丹至涿州。

定风波

余昔与张子野、刘孝叔、李公择、陈令举、杨元素会于吴兴，时子野作六客词，其卒章云："见说贤人聚吴分，试问，也应傍有老人星。"凡十五年，再过吴兴，而五人者皆已亡矣。时张仲谋与曹子方、刘景文、苏伯固、张秉道为坐客，仲谋请作后六客词云。

月满苕溪照夜堂，
五星一老斗光芒。
十五年间真梦里，
何事，
长庚配月独凄凉。

绿发苍颜同一醉，
还是，六人吟笑水云乡。
宾主谈锋谁得似，
看取，
曹刘今对两苏张。

【校】毛本"配"作"对"。

【注】王《案》：己巳三月，告下，除龙图阁学士，充浙西路兵马钤辖，知杭州军州事。《年谱》：己巳过吴兴作。案《纪年录》编此入甲寅，误据张子野作词年也。

《诗集》王注：次公曰：刘述，吴兴人。施注：刘孝叔名述。东坡倅杭，与孝叔会虎丘。吴兴六客堂，孝叔其一人也。曹辅字子方，海陵人，元祐三年自太仆丞为福建转运判官。刘景文名季孙，开封祥符人，以左藏副使为两浙兵马都监。东坡为守，一见遇以国士，表荐之。《宋诗纪事》：曹辅字子方，华州人，号静常先生。王文诰曰：张秉道名弼，杭人，公屡称髯张者也。张仲谋，徐君猷妻舅。

点绛唇

己巳重九和苏坚

我辈情钟，
古来谁似龙山宴。
而今楚甸，
戏马余飞观。

顾谓佳人，
不觉秋强半。
筝声远，鬓云撩乱，
愁入参差雁。

【校】元本题“己”作“乙”。从毛本。毛本“筝”作“箫”。

【注】《年谱》：己巳，和苏伯固。《纪年录》：己巳作。

1090

庚午，宋哲宗元祐五年，

55 岁，

在杭州任，浙西灾害，连上数状，奏请赈济。

五月，

奏请疏浚西湖，获准。

九月，

疏浚西湖竣功。

自兴功至竣功，苏轼皆躬亲之。

得苏坚、刘季孙等人及杭州父老相助，民获其利。

后杭守林希名西湖堤为“苏公堤”，是以得名。

是年，

苏辙使契丹归，为御史中丞。

宰相吕大防、中书侍郎刘挚欲引用新党人士，

以为调停，因苏辙强烈反对而作罢。

临江仙

疾愈，登望湖楼，赠项长官。

多病休文都瘦损，
不堪金带垂腰。
望湖楼上暗香飘。
和风春弄袖，
明月夜闻箫。

酒醒梦回清漏永，
隐床无限更潮。
佳人不见董娇娆。
徘徊花上月，
空度可怜宵。

【注】王《案》：庚午正月作。

《诗集》王注：洪朋曰：望湖楼一名看经楼，乾德七年忠懿王钱氏建。查注：《西湖游览志》：楼在昭庆寺前，一名先德楼。

南歌子

杭州端午

山与歌眉敛，
波同醉眼流。
游人都上十三楼，
不羡竹西歌吹古扬州。

菰黍连昌歜，
琼彝倒玉舟。
谁家《水调》唱歌头，
声绕碧山飞去晚云留。

【校】毛本题作“游赏”。

【注】《西湖志》：十三间楼在石佛院，东坡守杭日，每治事于此。

又

古岸开青葑，
新渠走碧流。
会看光满万家楼，
记取他年扶病入西州。

佳节连梅雨，
余生寄叶舟。
只将菱角与鸡头，
更有月明千顷一时留。

【校】毛本题作“湖景和前韵”，“病”作“路”。

【注】案公于元祐五年五月五日《申三省起请开湖六条状》。本传云：取葑田，积湖中为长堤。词赋此事，韵同前首，一时作也。

减字木兰花

钱塘西湖有诗僧清顺，所居藏春坞，门前有二古松，各有凌霄花络其上，顺常昼卧其下。时余为郡，一日屏骑从过之，松风骚然。顺指落花求韵，余为赋此。

双龙对起，
白甲苍髯烟雨里。
疏影微香，
下有幽人昼梦长。

湖风清软，
双鹊飞来争噪晚。
翠飐红轻，
时上凌霄百尺英。

【校】毛本题小异，"上"作"下"。

【注】王《案》：庚午五月作。

《冷斋夜话》：西湖僧清顺，字怡然，清苦多佳句，东坡亦与游，多唱和。

鹊桥仙

七夕和苏坚

乘槎归去，
成都何在，
万里江沱汉漾。
与君各赋一篇诗，
留织女、鸳鸯机上。

还将旧曲，
重赓新韵，
须信吾侪天放。
人生何处不儿嬉，
看乞巧、朱楼彩舫。

【校】元本“沱”作“涛”。从毛本。

【注】王《案》：庚午七月七日和苏坚。

点绛唇

庚午重九

不用悲秋，
今年身健还高宴。
江村海甸，
总作空花观。

尚想横汾，
兰菊纷相半。
楼船远，白云飞乱，
空有年年雁。

【校】元本“村”字下注云:“一作‘封’。”毛本题末有“再用前韵”四字。

【注】《纪年录》：庚午，再和苏坚前年韵。王《案》：庚午九月九日，和去岁重九。

又

再和送钱公永

莫唱《阳关》，
风流公子方终宴。
秦山禹甸，
缥缈真奇观。

北望平原，
落日山衔半。
孤帆远，我歌君乱，
一送西飞雁。

【注】案仍和前韵，附编。

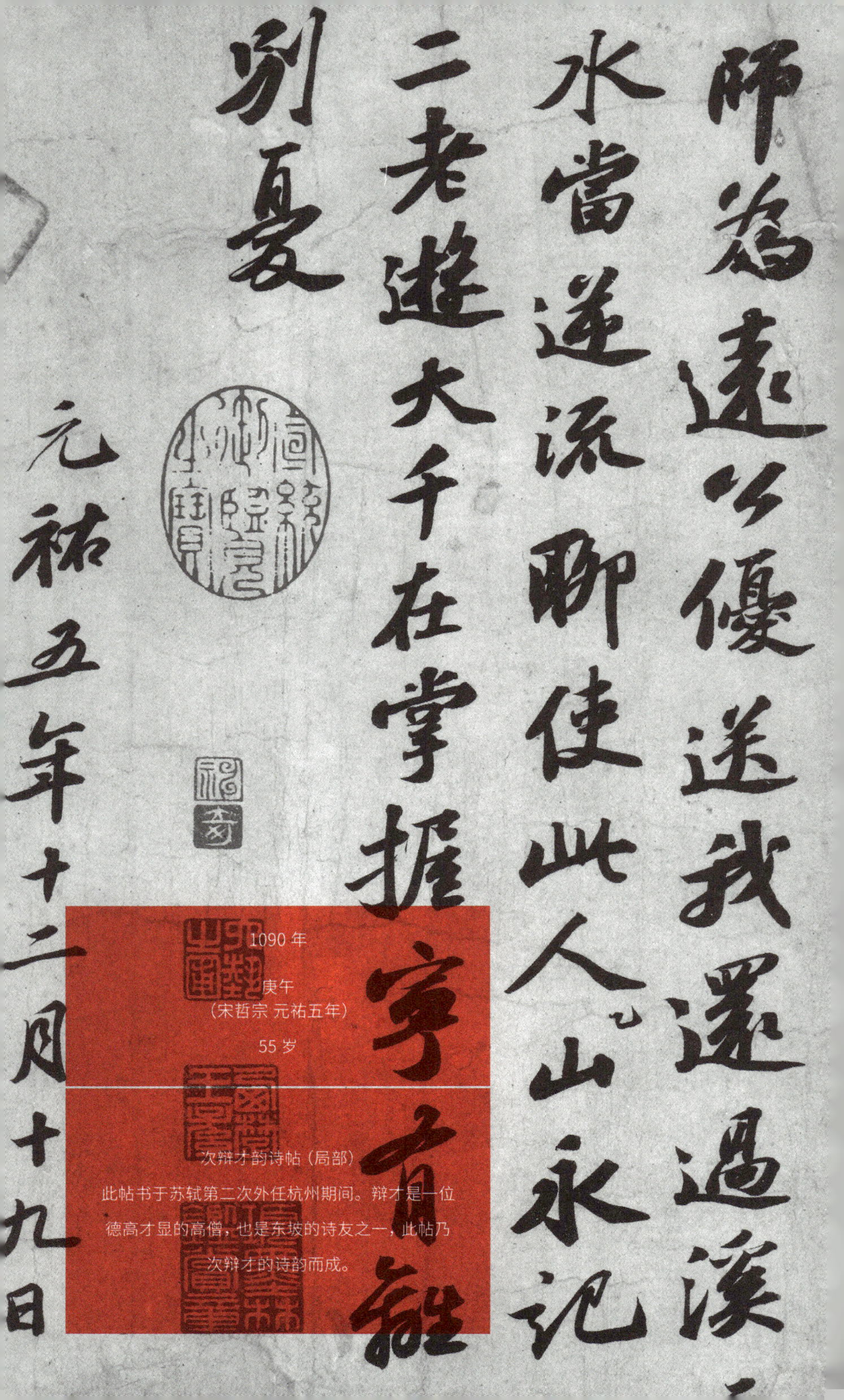

1090 年

庚午
（宋哲宗 元祐五年）

55 岁

次辩才韵诗帖（局部）

此帖书于苏轼第二次外任杭州期间。辩才是一位德高才显的高僧，也是东坡的诗友之一，此帖乃次辩才的诗韵而成。

觀骨老凜然不知秋去住兩
無礙天人爭挽留去如龍出，
雷雨卷潭湫來如珠還浦魚
鼈爭駢頭此生暫寄寓常
恐名實浮我比陶令愧

好事近

西湖夜归

湖上雨晴时，
秋水半篙初没。
朱槛俯窥寒鉴，
照衰颜华发。

醉中吹堕白纶巾，
溪风漾流月。
独棹小舟归去，
任烟波摇兀。

【校】毛本题作“湖上”。“吹”作“欲”，“摇”作“飘”。

【注】王《案》：庚午九月泛湖作。

1091

辛未，宋哲宗元祐六年，

56 岁。

正月，

苏轼除吏部尚书。

二月，

苏轼以翰林学士承旨知制诰召还，

上辞免状乞郡，不许。

同月，

苏辙以龙图阁学士、御史中丞为中大夫、

守尚书右丞执政，苏轼为避嫌辞免，朝廷不听。

三月，

离杭州，沿途作辞免状，皆不允。

五月，

除兼侍读。

程颐门人贾易等人弹奏不已，朝廷两次罢之。

六月，

苏辙上札子，乞避兄。朝旨不须回避。

七月，

苏轼乞郡再三，以避贾易。

八月，

苏轼以龙图阁学士知颍州。

是年，

右相刘挚与左相吕大防不和，

朋党之论复起，后刘挚罢相。

渔家傲

送吉守江郎中

送客归来灯火尽，
西楼淡月凉生晕。
明日潮来无定准。
潮来稳，
舟横渡口重城近。

江水似知孤客恨，
南风为解佳人愠。
莫学时流轻久困。
频寄问，
钱塘江上须忠信。

【校】元本、毛本题“吉”作“台”。毛本“潮来稳”作“风未稳”。

【注】王《案》：庚午五月，送江公著赴台州作。案《诗集》辛未有《送江公著知吉州》诗。施注：公著字晦叔，元祐初以近臣荐通判陈州，入为太学太常博士。出守庐陵，元符间知泉州，建中靖国初，知虔州。未几，除广东转运判官、提点湖南刑狱、京西转运判官。据此，公著未为台守，“台”当作“吉”，形近而误。今从诗编辛未。

浣溪沙

雪颔霜髯不自惊，
更将翦彩发春荣。
羞颜未醉已先赪。

莫唱黄鸡并白发，
且呼张丈唤殷兄。
有人归去欲卿卿。

【校】元本题作“公守湖，辛未上元日，作会于伽蓝中。时长老法惠在坐，人有献翦彩花者，甚奇，谓有初春之兴。作浣溪沙二首，因寄袁公济”。毛本“丈”作“友”。

又

料峭东风翠幕惊，
云何不饮对公荣。
水晶盘莹玉鳞赪。

花影莫孤三夜月，
朱颜未称五年兄。
翰林子墨主人卿。

【注】《年谱》：辛未作。王《案》：辛未游伽蓝院，寄袁毂。

《诗集》施注：袁公济名毂，四明人。时倅杭，后知处州。

又

送叶淳老

阳羡姑苏已买田，
相逢谁信是前缘。
莫教便唱水如天。

我作洞霄君作守，
白头相对故依然。
西湖知有几同年？

【校】毛本无。

【注】案《诗集》辛未正月，有《与叶淳老侯敦夫张秉道同相视新河次韵》诗，词当亦是时作。施注：淳老，温叟字。

西江月

宝云真觉院赏瑞香

公子眼花乱发，
老夫鼻观先通。
领巾飘下瑞香风，
惊起谪仙春梦。

后土祠中玉蕊，
蓬莱殿后鞓红。
此花清绝更纤秾，
把酒何人心动。

【校】元本“清绝”作“青色”，从毛本。毛本题无“宝云院”三字。

【注】王《案》：辛未二月诏下，以翰林学士承旨召还，罢杭州任。三月，和曹辅《龙山真觉院瑞香花》诗，再作《西江月》词。

《诗集》查注：《咸淳临安志》：北山宝云寺，乾德二年钱氏建，旧名千光王寺，雍熙二年改今额。《武林梵志》：宝云寺在宝云山下，即玛瑙寺东空园也。《西湖游览志》：龙山稍北为玉厨山，有真觉院。

又

坐客见和，复次韵。

小院朱阑几曲，
重城画鼓三通。
更看微月转光风，
归去香云入梦。

翠袖争浮大白，
皂罗半插斜红。
灯花零落酒花秾，
妙语一时飞动。

【注】王《案》：辛未三月，又次韵。

又

再用前韵，戏曹子方。坐客云瑞香为紫丁香，遂以此曲辨证之。

怪此花枝怨泣，
托君诗句名通。
凭将草木记吴风，
继取相如云梦。

点笔袖沾醉墨，
谤花面有惭红。
知君却是为情秾，
怕见此花撩动。

【校】元本题无"坐客"下十六字，从毛本。

【注】王《案》：辛未三月，又用前韵。

木兰花令

次马中玉韵

知君仙骨无寒暑，
千载相逢犹旦暮。
故将别语恼佳人，
欲看梨花枝上雨。

落花已逐回风去，
花本无心莺自诉。
明朝归路下塘西，
不见莺啼花落处。

【校】元本题“中”误作“仲”，“回风”作“风回”，从毛本。“欲”作“要”。

【注】王《案》：辛未三月，马瑊赋《木兰花令》送别，再和瑊词。

《诗集》查注：《黄山谷年谱》：马瑊，茌平人。《玉照新志》：东坡先生知杭州，马中玉瑊为浙漕。东坡被召赴阙，中玉席间作词曰：“来时吴会犹残暑，去日武林春已暮。欲知遗爱感人深，洒泪多于江上雨。欢情未举眉先聚，别酒多斟君莫诉。从今宁忍看西湖，抬眼尽成肠断处。”东坡和之。

虞美人

送马中玉

归心正似三春草，
试着莱衣小。
橘怀几日向翁开，
怀祖已瞋文度不归来。

禅心已断人间爱，
只有平交在。
笑论瓜葛一枰同，
看取《灵光》新赋有家风。

【校】元本无题，从毛本。

【注】案中玉，元祐五年改两浙路提刑。是时或去官宁亲，故词有“橘怀”“怀祖”等语。公答中玉诗云“灵运子孙俱得风”，亦谓其父也。

临江仙

送钱穆父

一别都门三改火，
天涯踏尽红尘。
依然一笑作春温。
无波真古井，
有节是秋筠。

惆怅孤帆连夜发，
送行淡月微云。
尊前不用翠眉颦。
人生如逆旅，
我亦是行人。

【校】毛本无题。

【注】《诗集》施注：钱穆父，元祐初拜中书舍人，迁给事中，知开封。出守越州，归从班，再知开封。案穆父罢越守北归，在辛未春，是词当送之于过杭时也。

八声甘州

寄参寥子

有情风万里卷潮来，
无情送潮归。
问钱塘江上，
西兴浦口，几度斜晖。
不用思量今古，
俯仰昔人非。
谁似东坡老，白首忘机。

记取西湖西畔，
正春山好处，空翠烟霏。
算诗人相得，如我与君稀。
约他年、东还海道，
愿谢公、雅志莫相违。
西州路，
不应回首、为我沾衣。

【校】毛本“春”作“暮”。

【注】案《渔隐丛话》：东坡别参寥长短句，“有情风万里卷潮来”云云，其词石刻后东坡自题云：“元祐六年三月三日。”余以《东坡年谱》考之，元祐四年知杭州，六年召为翰林学士承旨，则长短句盖此时作也。据编辛未。

《诗集》施注：僧道潜字参寥，於潜人。能文章，尤喜为诗。坡守钱塘，卜智果精舍居之。坡南迁，当路亦捃其诗语，谓有刺讥，得罪，反初服。

西江月

苏州交代，林子中席上作。

昨夜扁舟京口，
今朝马首长安。
旧官何物对新官，
只有湖山公案。

此景百年几变，
个中下语千难。
使君才气卷波澜，
与把新诗判断。

【校】元本无题，从毛本。毛本“夜”作“日”，“对”作“与”。

【注】《咸淳临安志》：元祐六年二月，召轼为翰林承旨。是月癸巳，天章阁待制林希自润州移知杭州。案题云“交代”，当作于是时。苏州疑杭州之误。《东都事略》：林希字子中，元祐初为秘书少监，改集贤修撰，知苏州。久之，以天章阁待制知杭州。

临江仙

辛未离杭至润，别张弼秉道。

我劝髯张归去好，
从来自己忘情。
尘心消尽道心平。
江南与塞北，
何处不堪行。

俎豆庚桑真过矣，
凭君说与南荣。
愿闻吴越报丰登。
君王如有问，
结袜赖王生。

【注】王《案》：辛未四月作。

木兰花令

次欧公西湖韵

霜余已失长淮阔，
空听潺潺清颍咽。
佳人犹唱醉翁词，
四十三年如电抹。

草头秋露流珠滑，
三五盈盈还二八。
与余同是识翁人，
惟有西湖波底月。

【校】元本无题，从毛本。毛本“颍”作“濑”。

【注】王《案》：辛未五月到阙，八月告下，除龙图阁学士，知颍州军州事。到颍州，游西湖，闻唱《木兰花令》词，欧阳修所遗也，和韵。

《六一词》：“西湖南北烟波阔，风里丝簧声韵咽。舞余裙带绿双垂，酒人香腮红一抹。杯深不觉琉璃滑，贪看《六幺》《花十八》。明朝车马各东西，惆怅画桥风与月。”

1092

壬申，宋哲宗元祐七年，

57 岁。

正月，

自颍州除知郓州，后改知扬州，

时晁补之为扬州通判。

六月，

苏辙自中大夫守尚书右丞为中大夫守门下侍郎。

父苏洵赠太子太师，母程氏追封成国太夫人。

七月，

除兵部尚书充卤簿使。

十一月，

乞越州，不允；

除端明殿学士、翰林侍读学士，充礼部尚书。

减字木兰花

二月十五日夜，与赵德麟小酌聚星堂。

春庭月午，
摇荡香醪光欲舞。
步转回廊，
半落梅花婉娩香。

轻烟薄雾，
总是少年行乐处。
不是秋光，
只与离人照断肠。

【校】毛本题作“春月”。“烟”作“风”。

【注】《年谱》：壬申正月作。《纪年录》：壬申二月作。

《侯鲭录》：元祐七年正月，东坡先生在汝阴州，堂前梅花大开，月色鲜霁。先生王夫人曰：“春月色胜如秋月色，秋月色令人凄惨，春月色令人和悦。何不召赵德麟辈来，饮此花下？”先生大喜曰：“吾不知子能诗耶，此真诗家语耳。”遂相召，与二欧饮，用是语作《减字木兰花》。《诗集》施注：赵景贶字令畤，以承议郎签书判官，在东坡颍州幕府。公谓其吏事通敏，文采俊丽，志节端亮，议论英发。既力荐于朝，又为著说，改字德麟。

满江红

怀子由作

清颍东流，
愁来送、征鸿去翮。
情乱处、青山白浪，
万重千叠。
孤负当年林下语，
对床夜雨听萧瑟。
恨此生、长向别离中，
凋华发。

一尊酒，黄河侧。
无限事，从头说。
相看恍如昨，
许多年月。
衣上旧痕余苦泪，
眉间喜气占黄色。
便与君、池上觅残春，
花如雪。

【校】元本无题。“恍如”下脱“昨”字。并从毛本。毛本次句作“愁目断，孤帆明灭”，“情乱”作“宦游”，“语”作“忆”，“凋”作“添”，“占”亦作“添”。

【注】王《案》：壬申二月作。

浣溪沙

芍药樱桃两斗新，
名园高会送芳辰。
洛阳初夏广陵春。

红玉半开菩萨面，
丹砂秾点柳枝唇。
尊前还有个中人。

【校】毛本题作“扬州赏芍药樱桃”。

【注】王《案》：壬申二月，告下，以龙图阁学士充淮南东路兵马钤辖，知扬州军州事。四月，赏芍药樱桃作。

减字木兰花

五月二十四日，会于无咎之随斋。主人汲泉置大盆中，渍白芙蓉，坐客翛然，无复有病暑意。

回风落景，
散乱东墙疏竹影。
满座清微，
入袖寒泉不湿衣。

梦回酒醒，
百尺飞澜鸣碧井。
雪洒冰麾，
散落佳人白玉肌。

【校】毛本无。

【注】《纪年录》：壬申作。

生查子

送苏伯固

三度别君来，
此别真迟暮。
白尽老髭须，
明日淮南去。

酒罢月随人，
泪湿花如雾。
后月送君时，
梦绕湖边路。

【校】毛本题作“诉别”。“后月”五字作“后夜逐君还”。

【注】案《诗集》并载此词，编壬申。

青玉案

和贺方回韵，送伯固还吴中。

三年枕上吴中路，
遣黄犬、随君去。
若到松江呼小渡，
莫惊鸳鹭。
四桥尽是，
老子经行处。

《辋川图》上看春暮，
常记高人右丞句。
作个归期天已许。
春衫犹是，
小蛮针线，
曾湿西湖雨。

【校】《阳春白雪》作姚志道词。毛本题末有“故居”二字。“犬”作“耳”，“鸳”作“鸥”。

【注】案伯固于己巳年从公杭州，至壬申三年未归，故首句云然。王《案》：壬申八月，诏以兵部尚书召还。

1093

癸酉，宋哲宗元祐八年，
58 岁（是年词无所考），
在礼部尚书任。
御史黄庆基、董敦逸等人连奏苏轼、苏辙等，
言蜀党太盛。

五月，
苏轼辩黄庆基弹劾，上札子。

六月，
乞知越州，不允。同月，除知定州。

八月，
继室王闰之卒。

九月，
太皇太后高氏崩，宋哲宗亲政。
二十六日，朝辞赴定州。

宋哲宗元祐年间，苏轼在朝时，黄庭坚、张耒、晁补之、秦观俱游苏轼门下，称“四学士”。约本年起，人并称苏轼与黄庭坚为“苏黄”。

1094

甲戌，宋哲宗绍圣元年，
59 岁，
在定州任。

四月，
苏轼落端明殿学士、翰林侍读学士，
降任左承议郎，知英州。

闰四月，
除命下，罢定州任，责知英州。

六月，
来之邵等疏苏轼诋斥先朝，
诏责授宁远军节度副使、惠州安置。

十月，
到惠州安置贬所，上谢表。

是年，宋哲宗恢复“新法”，罢免元祐党人吕大防、苏辙、范纯仁等人，召回章惇、曾布等新党人物。三月，苏辙罢门下侍郎，以端明殿学士知汝州。六月，降授左朝议大夫，知袁州。七月，被贬筠州。

戚氏

玉龟山，东皇灵姥统群仙。
绛阙岧峣，
翠房深迥倚霏烟。
幽闲，志萧然，
金城千里锁婵娟。
当时穆满巡狩，
翠华曾到海西边。
风露明霁，鲸波极目，
势浮舆盖方圆。
正迢迢丽日，
玄圃清寂，琼草芊绵。

争解绣勒香鞯，
鸾辂驻跸，八马戏芝田。
瑶池近、画楼隐隐，

【校】毛本调下注云："此词详叙穆天子、西王母事，世不知所谓，遂谓非东坡作。李端叔跋云：东坡在中山，宴席间有歌《戚氏》调者，坐客言调美而词不典，以请于公。公方观《山海经》，即叙其事为题，使妓再歌之，随其声填写，歌竟篇就，才点定五六字而已。"元本"姥"作"熫"，毛本作"媲"，从《历代诗余》。"岧峣"作"苕荛"，从毛本。毛本"脆"字脱，"颜"作"头"，元本并误，今从《历代诗余》。毛本"绮"作"倚"，"回首""首"误"兮"。

【注】王《案》：癸酉八月，告下，公以两学士充河北西路安抚使，兼马步军都总管，出知定州军州事。甲戌正月，闻歌者歌《戚氏》，方论穆天子事，因依其声成《戚氏》词。

《老学庵笔记》：东坡先生在中山，作《戚氏》乐府词，最得意。幕客李端叔跋三百四十余字，叙述甚备，愿刻石

翠鸟翩翩。
肆华筵，间作脆管鸣弦，
宛若帝所钧天。
稚颜皓齿，
绿发方瞳圆极，
恬淡高妍。

尽倒琼壶酒，献金鼎药，
固大椿年。
缥缈飞琼妙舞，
命双成、奏曲醉留连，
云璈韵响泻寒泉。
浩歌畅饮，斜月低河汉。
渐绮霞、天际红深浅。
动归思、回首尘寰，
烂漫游、玉辇东还。
杏花风、数里响鸣鞭。
望长安路，依稀柳色，
翠点春妍。

传后，为定武盛事，会谪去不果。今乃不载集中，至有立论排诋，以为非公作者。识真之难如此哉！

归朝欢

和苏坚伯固

我梦扁舟浮震泽，
雪浪摇空千顷白。
觉来满眼是庐山，
倚天无数开青壁。
此生长接淅，
与君同是江南客。
梦中游，觉来清赏，
同作飞梭掷。

明日西风还挂席，
唱我新词泪沾臆。
灵均去后楚山空，
澧阳兰芷无颜色。
君才如梦得，
武陵更在西南极。
《竹枝词》，莫傜新唱，
谁谓古今隔。

【校】毛本“傜”误作“摇”。

【注】王《案》：甲戌闰四月，告下，落端明殿学士，兼翰林侍读学士，依前左朝奉郎，知英州军州事。又告下，降充左承议郎，仍知英州。又告下合叙，复曰不得与叙，仍知英州。六月告下，落左承议郎，责授建昌军司马，惠州安置。七月，达九江，与苏坚别作。

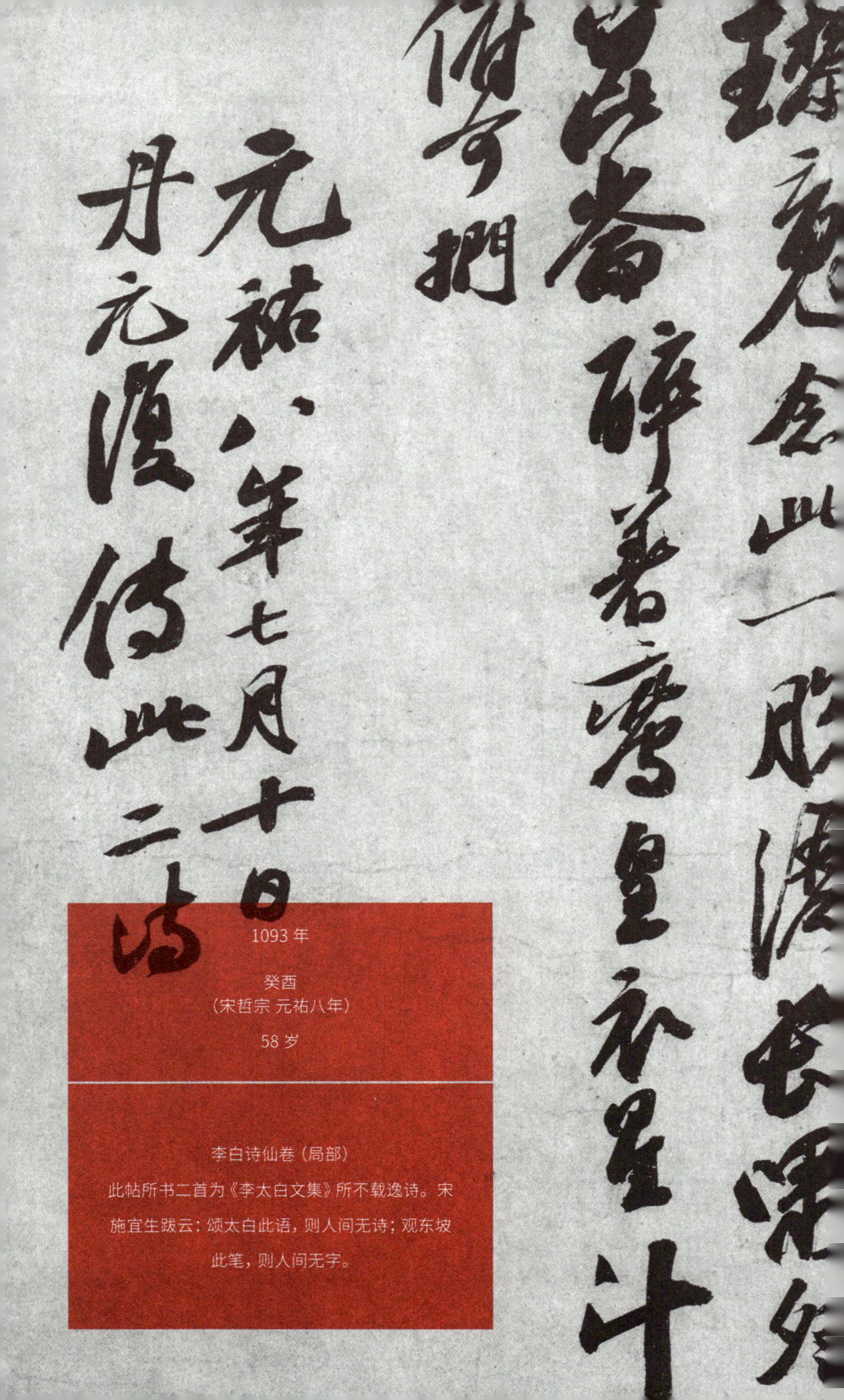

1093 年

癸酉
（宋哲宗 元祐八年）

58 岁

李白诗仙卷（局部）

此帖所书二首为《李太白文集》所不载逸诗。宋施宜生跋云：颂太白此语，则人间无诗；观东坡此笔，则人间无字。

人生陌上英光減巧妍盡春風
纔樹頭日与作工進只知雨露貪不
問零落近我昔飛鳥時憐見
當塗墳青楊露補霞繚的
山下村晚殘月晚無復玻

木兰花令

宿造口，闻夜雨，寄子由、才叔。

梧桐叶上三更雨，
惊破梦魂无觅处。
夜凉枕簟已知秋，
更听寒蛩促机杼。

梦中历历来时路，
犹在江亭醉歌舞。
尊前必有问君人，
为道别来心与绪。

【校】元本无题，从毛本。

【注】案辛弃疾《书江西造口壁》词有“郁孤台下清江水”语，地当在赣州。词为南迁时作。

浣溪沙

绍圣元年十月二十三日，与程乡令侯晋叔、归善簿谭汲同游大云寺，野饮松下，仍设松黄汤，作此阕。余近酿酒，名之曰“万家春”，盖岭南万户酒也。

罗袜空飞洛浦尘，
锦袍不见谪仙人。
携壶借草亦天真。

玉粉轻黄千岁药，
雪花浮动万家春。
醉归江路野梅新。

【校】元本“药”作“蕊”，从毛本。毛本题小讹，“人”作“神”。

【注】《纪年录》：甲戌，游大云作。王《案》：八月告下，落建昌军司马，贬宁远军节度副使，仍惠州安置。十月到贬所，游大云寺作。

本集《与程正辅书》：侯晋叔实佳士，颇有文采气节，恐兄归阙，此人不当遗也。《归善县志》：大云寺在邑治西八十里。

1095

乙亥，宋哲宗绍圣二年，

60 岁，

与子苏过、侍妾朝云谪居惠州。

四月，

初食荔枝。

作《四月十一日初食荔支》诗。

是年，

苏轼友朋多遭贬黜。

晁补之自知齐州降通判南京，

黄庭坚贬黔州。

临江仙

惠州改前韵

九十日春都过了，
贪忙何处追游。
三分春色一分愁。
雨翻榆荚阵，
风转柳花球。

我与使君皆白首，
休夸年少风流。
佳人斜倚合江楼。
水光都眼净，
山色总眉愁。

【校】毛本无题，后阕作“阆苑先生须自责，蟠桃动是千秋。不知人世苦厌求。东皇不拘束，肯为使君留”。

【注】案公以绍圣元年十月至惠州，此词当是次年乙亥春作。毛本异文，所谓前韵者也。

殢人娇

赠朝云

白发苍颜，
正是维摩境界。
空方丈、散花何碍。
朱唇箸点，
更髻鬟生采。
这些个、千生万生只在。

好事心肠，
著人情态。
闲窗下、敛云凝黛。
明朝端午，
待学纫兰为佩。
寻一首好诗，要书裙带。

【校】元本无题，“采”误作“菜”，从毛本。毛本“待”字脱。

【注】王《案》：乙亥五月作。

1096

丙子，宋哲宗绍圣三年，

61 岁，

谪居惠州。

新年作诗，以居惠为乐，

“丰湖有藤菜，似可敌莼羹”。

四月，

食太守东堂将军树荔枝，

作诗“日啖荔枝三百颗，不辞长作岭南人”。

七月，

侍妾朝云卒，有诗、词悼之。

1097

丁丑，宋哲宗绍圣四年，

62 岁（是年词无所考）。

闰二月，

苏轼责授琼州别驾，移昌化军（儋州）安置。

四月，

离惠州。

五月，

至藤州，与弟苏辙相遇。

六月，

二人同行至雷州方别，渡海赴琼州。

七月，

到昌化军，上谢表。

是年，

朝廷重贬“元祐党人”，

苏辙责授化州别驾、雷州安置，

张耒、晁补之亦谪降。

西江月

玉骨那愁瘴雾，
冰姿自有仙风。
海仙时遣探芳丛，
倒挂绿毛幺凤。

素面常嫌粉涴，
洗妆不褪唇红。
高情已逐晓云空，
不与梨花同梦。

【校】毛本题作“梅花”。“常”作“翻”。词注曰：惠州梅花上珍禽曰倒挂子，似绿毛凤而小。

【注】王《案》：丙子十月，梅开作。

《渔隐丛话》：《冷斋夜话》云，东坡在惠州，作梅词，时侍儿朝云新亡，其寓意为朝云作也。

1098

戊寅，宋哲宗元符元年，

63 岁（是年词无所考），

谪居儋州，僦官舍数间以居。

朝廷初遣吕升卿、董必查访两广。

曾布以“升卿同二苏有切骨之怨”谏之。

遂止遣董必使广西。

董必遣人过儋，将苏轼逐出官舍。

苏轼遂买地城南，起屋五间，

当地士人畚土运甓以助之，

“屋成居其下，食芋饮水著书以为乐，

处之泰然，无迁谪意”。

三月，

苏辙自雷州移循州（龙川）安置。

是年，

朝廷置局编录司马光、吕公著、苏轼、苏辙等

“悖逆”罪状成书。

1099

己卯，宋哲宗元符二年，

64 岁，

谪居海南，与当地士人、黎民交游。

春日，访黎子云、黎威、黎徽、黎先觉之舍，

黎家儿童口吹葱叶迎送。

又尝负大瓢行歌田间，

有老妇年七十，

谓东坡云：内翰昔日富贵，一场春梦。

苏轼深然之。

闰九月，

琼州人姜唐佐（君弼）来从学。

减字木兰花

己卯儋耳春词

春牛春杖，
无限春风来海上。
便丐春工，
染得桃红似肉红。

春幡春胜，
一阵春风吹酒醒。
不似天涯，
卷起杨花似雪花。

【校】毛本题作“立春”。“丐”作“与”。

【注】《纪年录》：己卯立春日作。王《案》：丁丑四月，责授琼州别驾，昌化军安置。戊寅立春曰，作《减字木兰花》词。案王说即谓此词，云戊寅者误也。

1100

庚辰，宋哲宗元符三年，

65 岁，

正月，

宋哲宗崩，宋徽宗即位，向太后同听政。

二月，

以徽宗登极恩移廉州安置，苏辙移永州，

秦观、张耒、晁补之、黄庭坚皆有新授。

三月，

姜唐佐辞归。

四月，

以生皇子恩，诏授舒州团练副使、永州居住，

苏辙移岳州。

六月，

苏轼离开海南，与秦观晤于雷州。

八月，

秦观卒于藤州。

十一月，

授朝奉郎、提举成都府玉局观、外州军任便居住。

是年，

苏轼北归。京师印本《东坡集》行世。

鹧鸪天

陈公密出侍儿素娘，歌《紫玉箫》曲劝老人酒，老人饮尽，为赋此词。

笑捻红梅亸翠翘，
扬州十里最妖娆。
夜来绮席亲曾见，
撮得精神滴滴娇。

娇后眼，舞时腰，
刘郎几度欲魂消。
明朝酒醒知何处，
肠断云间《紫玉箫》。

【校】元本《鹧鸪天》有“西塞山边”一首，毛注：“考是黄山谷作，今删去。”元本题“素娘”作“素姐”，从毛本。毛本“梅”作“牙”。

【注】王《案》：元符三年庚辰五月，告下，仍以琼州别驾廉州安置。七月，迁舒州团练副使，永州居住。十一月，复朝奉郎，提举成都玉局观，在外州军任便居住。十二月，抵韶州，陈公密出素娘佐酒，为赋《鹧鸪天》词。

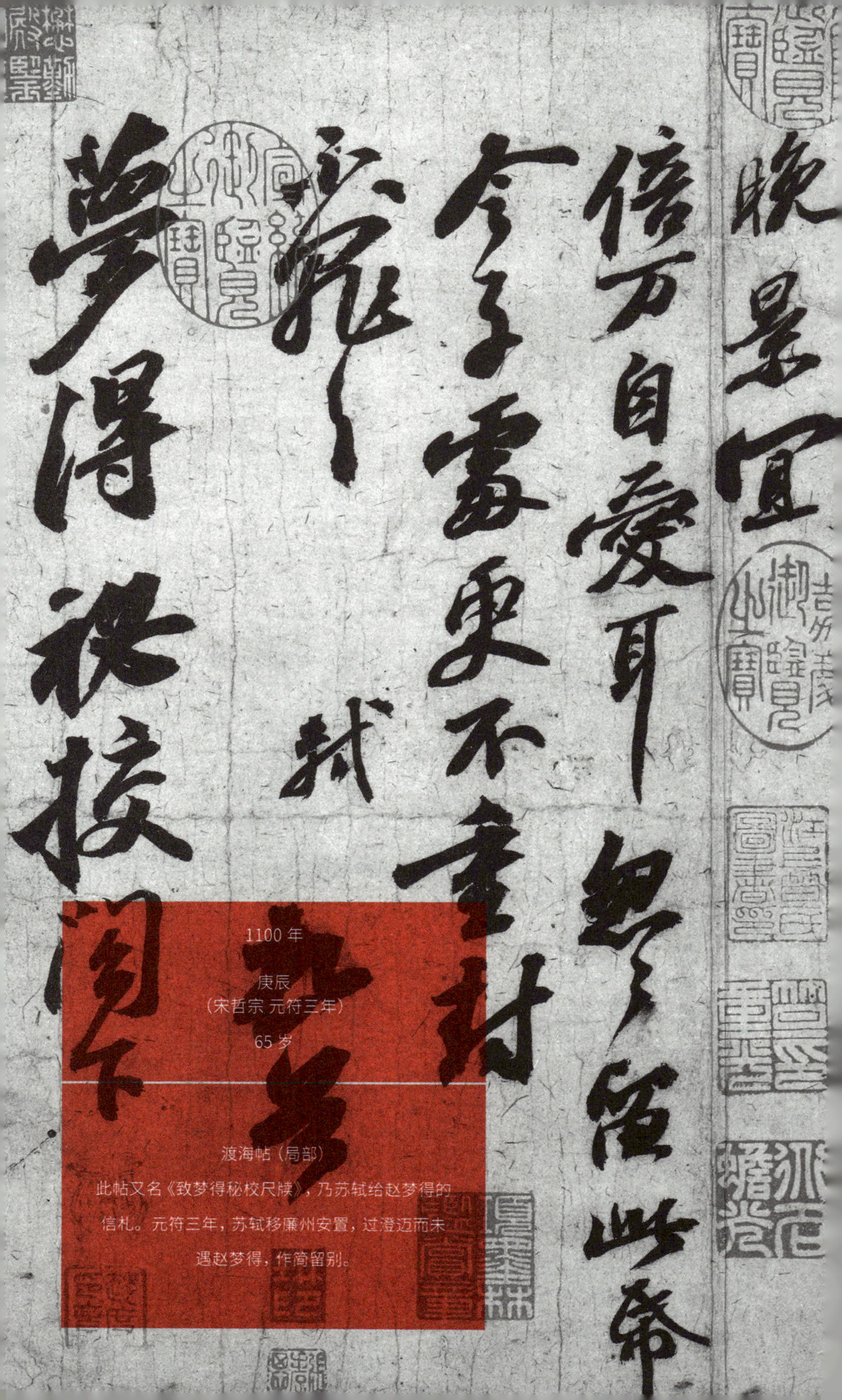

1100 年

庚辰
（宋哲宗 元符三年）

65 岁

渡海帖（局部）

此帖又名《致梦得秘校尺牍》，乃苏轼给赵梦得的信札。元符三年，苏轼移廉州安置，过澄迈而未遇赵梦得，作简留别。

軾將渡海宿澄邁承
令子見訪知
從者未歸又云恐已到桂府
若果爾庶幾得於海康
相遇不爾則未知
後會之期也區區無他禱惟

1101

辛巳，宋徽宗建中靖国元年

66 岁。

正月，

苏轼越南岭，北上。

五月，

至真州，与米芾相遇于白沙东园。

是月，体中微不佳，得暑疾，瘴毒大作。

米芾尝冒酷暑到东园送麦门冬饮子。

六月，

至常州，上表请老，以本官致仕。

七月二十八日，

卒于常州，卒前思弟辙。

遗言葬汝州。

其卒也，四方震悼。

1102

甲午，宋徽宗崇宁元年

四月，

苏轼之子苏迈、苏迨、苏过护父灵柩经淮汴赴汝州。

五月，

诏苏轼追贬崇信军节度行军司马。

闰六月，

葬于汝州郏城县小峨眉山，

苏辙作《亡兄子瞻端明墓志铭》。

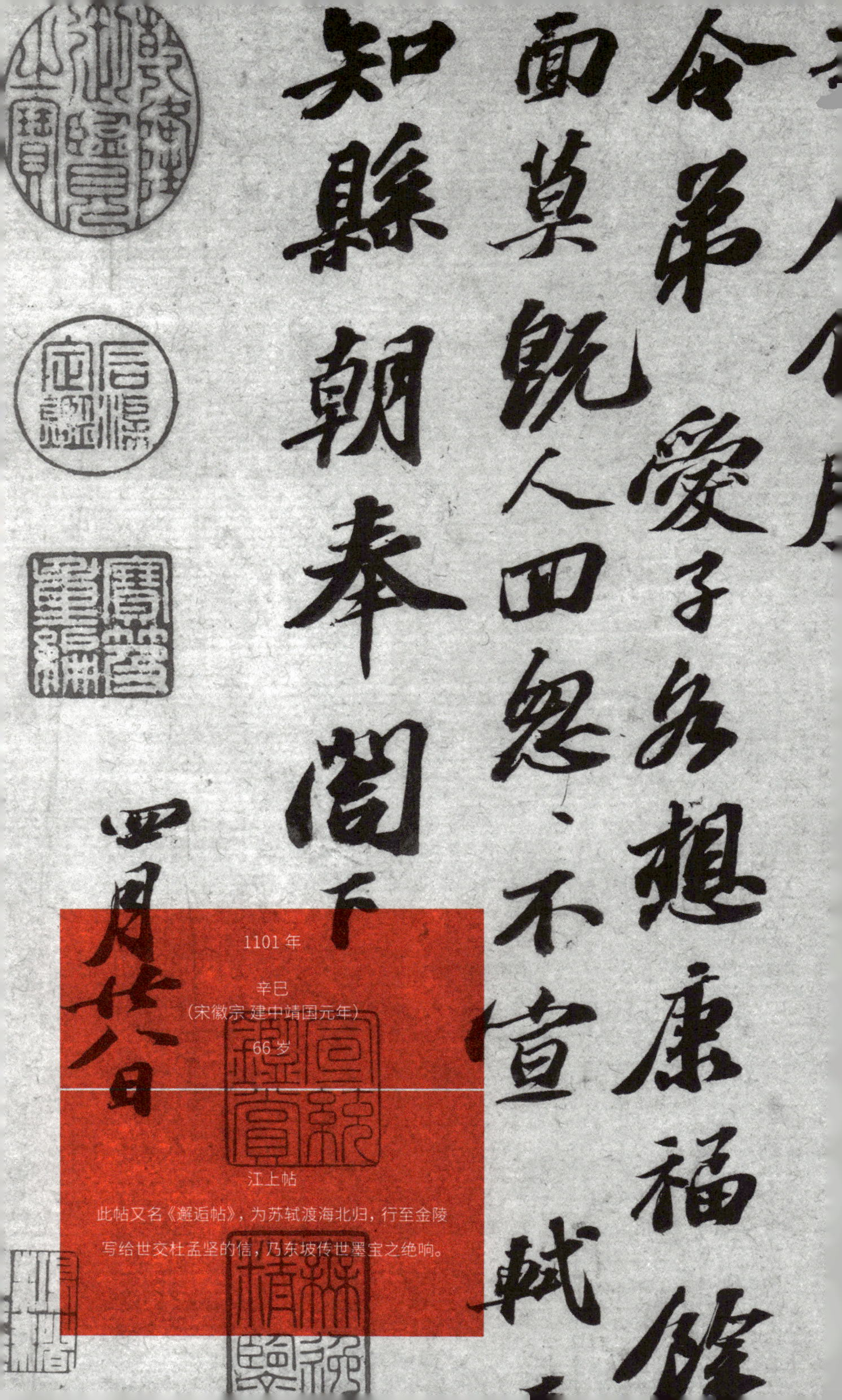

1101年

辛巳

（宋徽宗 建中靖国元年）

66岁

江上帖

此帖又名《邂逅帖》，为苏轼渡海北归，行至金陵写给世交杜孟坚的信，乃东坡传世墨宝之绝响。

軾啟江上邂逅俯仰八年懷仰世契感悵不已辱書且審起居佳勝

卷三

水龙吟

小沟东接长江，
柳堤苇岸连云际。
烟村潇洒，人间一哄，
渔樵早市。
永昼端居，寸阴虚度，
了成何事。
但丝莼玉藕，珠粳锦鲤，
相留恋，又经岁。

【校】元本无。

因念浮丘旧侣，
惯瑶池、羽觞沉醉。
青鸾歌舞，铢衣摇曳，
壶中天地。
飘堕人间，步虚声断，
露寒风细。
抱素琴独向，银蟾影里，
此怀难寄。

又

露寒烟冷蒹葭老，
天外征鸿寥唳。
银河秋晚，长门灯悄，
一声初至。
应念潇湘，岸遥人静，
水多菰米。
□望极平田，徘徊欲下，
依前被，风惊起。

须信衡阳万里，
有谁家、锦书遥寄。
万重云外，斜行横阵，
才疏又缀。
仙掌月明，石头城下，
影摇寒水。
念征衣未捣，佳人拂杵，
有盈盈泪。

【校】元本无。毛本题作“咏雁”。“重”作“里”。

满庭芳

蜗角虚名，蝇头微利，
算来着甚干忙。
事皆前定，谁弱又谁强。
且趁闲身未老，
须放我、些子疏狂。
百年里，浑教是醉，
三万六千场。

思量，能几许，
忧愁风雨，一半相妨。
又何须抵死，说短论长。
幸对清风皓月，
苔茵展、云幕高张。
江南好，千钟美酒，
一曲《满庭芳》。

【校】毛本题作“或注警悟”。“须”作“尽”。

永遇乐

天末山横，半空箫鼓，
楼观高起。
指点裁成，东风满院，
总是新桃李。
纶巾羽扇，一尊饮罢，
目送断鸿千里。
揽清歌、余音不断，
缥缈尚萦流水。

年来自笑无情，何事犹有，
多情遗思。
绿鬓朱颜，匆匆拼了，
却记花前醉。
明年春到，重寻幽梦，
应在乱莺声里。
拍阑干、斜阳转处，
有谁共倚。

【校】案是阕又见叶梦得《石林词》，元本无，毛本题作“眺望”。

雨中花慢

邃院重帘何处，惹得多情，
愁对风光。
睡起酒阑花谢，蝶乱蜂忙。
今夜何人，吹笙北岭，
待月西厢。
空怅望处，一株红杏，
斜倚低墙。

【校】元本无。

羞颜易变，傍人先觉，
到处被著猜防。
谁信道、些儿恩爱，
无限凄凉。
好事若无间阻，
幽欢却是寻常。
一般滋味，就中香美，
除是偷尝。

又

嫩脸羞蛾因甚，化作行云，
却返巫阳。
但有寒灯孤枕，皓月空床。
长记当初，乍谐云雨，
便学鸾凰。
又岂料正好，
三春桃李，一夜风霜。

【校】元本无。

丹青□画，无言无笑，
看了漫结愁肠。
襟袖上、犹存残黛，
渐减余香。
一自醉中忘了，
奈何酒后思量。
算应负你，枕前珠泪，
万点千行。

一丛花

初春病起

【校】毛本“悰”作“情”。

今年春浅腊侵年，
冰雪破春妍。
东风有信无人见，
露微意、柳际花边。
寒夜纵长，孤衾易暖，
钟鼓渐清圆。

朝来初日半衔山，
楼阁淡疏烟。
游人便作寻芳计，
小桃杏、应已争先。
衰病少悰，疏慵自放，
惟爱日高眠。

三部乐

美人如月，乍见掩暮云，
更增妍绝。
算应无恨，安用阴晴圆缺。
娇甚空只成愁，
待下床又懒，未语先咽。
数日不来，
落尽一庭红叶。

今朝置酒强起，
问为谁减动，一分香雪。
何事散花却病，维摩无疾，
却低眉、惨然不答。
唱《金缕》、一声怨切。
堪折便折，
且惜取、年少花发。

【校】毛本题作“情景”。“年少”作“少年”。

无愁可解

国工花日新作越调《解愁》，洛阳刘几伯寿闻而悦之，戏作俚语之词，天下传咏，以为几于达者。龙丘子犹笑之："此虽免乎愁，犹有所解也。若夫游于自然而托于不得已，人乐亦乐，人愁亦愁，彼且恶乎解哉？"乃反其词，作《无愁可解》云。

光景百年，看便一世，
生来不识愁味。
问愁何处来，
更开解个甚底。
万事从来风过耳，
何用不着心里。
你唤做、展却眉头，
便是达者，也则恐未。

此理，本不通言，
何曾道、欢游胜如名利。
道即浑是错，
不道如何即是。
这里元无我与你，
甚唤做、物情之外。
若须待醉了，方开解时，
问无酒、怎生醉。

【校】毛本题小有讹异。"头"字脱，"即"作"则"。

【注】《风月堂诗话》：刘伯寿，洛阳九老之一也。筑室嵩山玉华峰下，号玉华庵主。《避暑录话》：刘几在神宗时，与范蜀公重定大乐。洛阳花品曰状元红，为一时之冠。乐工花日新能为新声，汴妓部懿以色著，秘监致仕刘伯寿精音律。熙宁中，几携花日新就部懿家赏花欢咏，乃撰此曲。

贺新郎

乳燕飞华屋，
悄无人、桐阴转午，
晚凉新浴。
手弄生绡白团扇，
扇手一时似玉。
渐困倚、孤眠清熟。
帘外谁来推绣户，
枉教人梦断瑶台曲。
又却是，风敲竹。

石榴半吐红巾蹙。
待浮花、浪蕊都尽，
伴君幽独。
秾艳一枝细看取，
芳心千重似束。
又恐被、秋风惊绿。
若待得君来向此，

【校】毛本题作“余倅杭日，府僚湖中高会，群妓毕集，惟秀兰不来，营将督之再三乃来。仆问其故，答曰：沐浴倦卧，忽有扣门声，急起询之，乃营将催督也。整妆趋命，不觉稍迟。时府僚有属意于兰者，见其不来，恚恨不已，云必有私事。秀兰含泪力辩，而仆亦从旁冷语阴为之解，府僚终不释然也。适榴花开盛，秀兰以一枝借手献坐中。府僚愈怒，责其不恭。秀兰进退无据，但低首垂泪而已。仆乃作一曲名贺新凉，令秀兰歌以侑觞。声容妙绝，府僚大悦，剧饮而罢”。案此说出《古今词话》。

花前对酒不忍触。

共粉泪，两簌簌。

哨遍

睡起画堂，银蒜押帘，
珠幕云垂地。
初雨歇，洗出碧罗天，
正溶溶养花天气。
一霎暖风回芳草，
荣光浮动，卷皱银塘水。
方杏靥匀酥，
花须吐绣，园林排比红翠。
见乳燕捎蝶过繁枝，
忽一线炉香逐游丝。
昼永人闲，独立斜阳，
晚来情味。

便乘兴携将佳丽，
深入芳菲里。
拨胡琴语，

【校】毛本题作“春词”。元本“总伶俐”作“总利”，“浮幻”作“浮宦”，从毛本。毛本“排比红翠”作“翠红排比”，“落花飞”下衍“坠”字。

轻拢慢捻总伶俐。

看紧约罗裙，急趣檀板，

《霓裳》入破惊鸿起。

颦月临眉，醉霞横脸，

歌声悠扬云际。

任满头红雨落花飞。

渐鳷鹊楼西玉蟾低，

尚徘徊、未尽欢意。

君看今古悠悠，

浮幻人间世。

这些百岁光阴几日，

三万六千而已。

醉乡路稳不妨行，

但人生、要适情耳。

木兰花令

元宵似是欢游好，
何况公庭民讼少。
万家游赏上春台，
十里神仙迷海岛。

平原不似高阳傲，
促席雍容陪语笑。
坐中有客最多情，
不惜玉山拼醉倒。

【校】元本无。

又

经旬未识东君信，
一夕薰风来解愠。
红绡衣薄麦秋寒，
绿绮韵低梅雨润。

瓜头绿染山光嫩，
弄色金桃新傅粉。
日高慵卷水晶帘，
犹带春醪红玉困。

【校】元本无。

又

高平四面开雄垒，
三月风光初觉媚。
园中桃李使君家，
城上亭台游客醉。

【校】元本无。

歌翻杨柳金尊沸，
饮散凭阑无限意。
云深不见玉关遥，
草细山重残照里。

西江月

闻道双衔凤带，
不妨单著鲛绡。
夜香知与阿谁烧，
怅望水沉烟袅。

云鬓风前绿卷，
玉颜醉里红潮。
莫教空度可怜宵，
月与佳人共撩。

又

重九

点点楼头细雨，
重重江外平湖。
当年戏马会东徐，
今日凄凉南浦。

莫恨黄花未吐，
且教红粉相扶。
酒阑不必看茱萸，
俯仰人间今古。

华胥引

平时十月幸兰汤，
玉甃琼梁。
五家车马如水，
珠玑满路旁。

翠华一去掩方床，
独留烟树苍苍。
至今清夜月，
依前过缭墙。

【校】毛本调作“华清引”，题作“感旧”，“兰”作“莲”，“前”作“旧”。

苏幕遮

咏《选仙图》

暑笼晴，风解愠，
雨后余清，暗袭衣裾润。
一局选仙逃暑困，
笑指尊前，谁向青霄近。

整金盆，轮玉笋。
凤驾鸾车，谁敢争先进。
重五休言升最紧。
纵有碧油，到了输堂印。

【注】《湘烟录》:《郑氏书目》有《骰子选格》《汉官仪彩选》《新彩选》《文武彩选》《元丰官制彩选》《庆历彩选图》《寻仙彩选》《选仙格》《选佛图》。

乌夜啼

莫怪归心速，
西湖自有蛾眉。
若见故人须细说，
白发倍当时。

小郑非常强记，
二南依旧能诗。
更有鲈鱼堪切脍，
儿辈莫教知。

【校】毛本题作“寄远”。“速”上有“甚”字。

临江仙

诗句端来磨我钝，
钝锥不解生铓。
欢颜为我解冰霜。
酒阑清梦觉，
春草满池塘。

应念雪堂坡下老，
昔年共采芸香。
功成名遂早还乡。
回车来过我，
乔木拥千章。

【校】毛本题作“赠送”。“端”作“揣”。

又

送王缄

忘却成都来十载，
因君未免思量。
凭将清泪洒江阳。
故山知好在，
孤客自悲凉。

坐上别愁君未见，
归来欲断无肠。
殷勤且更尽离觞。
此身如传舍，
何处是吾乡？

又

夜到扬州，席上作。

尊酒何人怀李白，
草堂遥指江东。
珠帘十里卷香风。
花开花谢，离恨几千重。

轻舸渡江连夜到，
一时惊笑衰容。
语音犹自带吴侬。
夜阑对酒，依旧梦魂中。

【校】毛本“花谢”作“花又谢”，“对酒”作“相对处”。

又

冬夜夜寒冰合井，
画堂明月侵帏。
青缸明灭照悲啼。
青缸挑欲尽，
粉泪裛还垂。

未尽一尊先掩泪，
歌声半带清悲。
情声两尽莫相违。
欲知肠断处，
梁上暗尘飞。

又

赠王友道

谁道东阳都瘦损，
凝然点漆精神。
瑶林终自隔风尘。
试看披鹤氅，
仍是谪仙人。

【校】元本无。

省可清言挥玉麈，
真须保器全真。
风流何似道家纯。
不应同蜀客，
惟爱卓文君。

又

昨夜渡江何处宿，
望中疑是秦淮。
月明谁起笛中哀。
多情王谢女，
相逐过江来。

【校】元本无。

云雨未成还又散，
思量好事难谐。
凭陵急桨两相催。
想伊归去后，
应似我情怀。

渔家傲

送张元康省亲秦州

一曲《阳关》情几许，
知君欲向秦川去。
白马皂貂留不住。
回首处，
孤城不见天霏雾。

到日长安花似雨，
故关杨柳初飞絮。
渐见靴刀迎夹路。
谁得似，
风流膝上王文度。

【校】元本题末有"或作秦亭"四字。毛本题"康"作"唐"。"霏"作"霖"。

又

临水纵横回晚鞚，
归来转觉情怀动。
梅笛烟中闻几弄。
秋阴重，
西山雪淡云凝冻。

【校】元本无。

美酒一杯谁与共，
尊前舞雪狂歌送。
腰跨金鱼旌旆拥。
将何用，
只堪妆点浮生梦。

定风波

重阳括杜牧之诗

与客携壶上翠微，
江涵秋影雁初飞。
尘世难逢开口笑，
年少，
菊花须插满头归。

酩酊但酬佳节了，
云峤，登临不用怨斜晖。
古往今来谁不老，
多少，
牛山何必更沾衣。

【校】元本题作“重阳”，从毛本。

【注】杜牧《九日齐安登高》诗：“江涵秋影雁初飞，与客携壶上翠微。尘世难逢开口笑，菊花须插满头归。但将酩酊酬佳节，不用登临怨落晖。古往今来只如此，牛山何必泪沾衣。”

又

莫怪鸳鸯绣带长，
腰轻不胜舞衣裳。
薄幸只贪游冶去，
何处，
垂杨系马恣轻狂。

花谢絮飞春又尽，
堪恨，断弦尘管伴啼妆。
不信归来但自看，
怕见，
为郎憔悴却羞郎。

【校】毛本题作“感旧”。

又

咏红梅

好睡慵开莫厌迟，
自怜冰脸不时宜。
偶作小红桃杏色，
闲雅，
尚余孤瘦雪霜姿。

休把闲心随物态，
何事，酒生微晕沁瑶肌。
诗老不知梅格在，
吟咏，
更看绿叶与青枝。

南乡子

冰雪透香肌，
姑射仙人不似伊。
濯锦江头新样锦，
非宜，
故着寻常淡薄衣。

暖日下重帏，
春睡香凝索起迟。
曼倩风流缘底事，
当时，
爱被西真唤作儿。

【校】毛本题作“有感”。

又

双荔支

天与化工知，
赐得衣裳总是绯。
每向华堂深处见，
怜伊，
两个心肠一片儿。

自小便相随，
绮席歌筵不暂离。
苦恨人人分拆破，
东西，
怎得成双似旧时。

【校】毛本“拆”作“析”。

又

集句

寒玉细凝肤吴融，
清歌一曲倒金壶郑谷。
冶叶倡条遍相识李商隐，
争如，
豆蔻花梢二月初杜牧。

年少即须臾白居易，
芳时偷得醉工夫白居易。
罗帐细垂银烛背韩偓，
欢娱，
豁得平生俊气无杜牧。

又

怅望送春杯杜牧，
渐老逢春能几回杜甫。
花满楚城愁远别许浑，
伤怀，
何况清丝急管催刘禹锡。

吟断望乡台李商隐，
万里归心独上来许浑。
景物登临闲始见杜牧，
徘徊，
一寸相思一寸灰李商隐。

又

何处倚阑干杜牧，
弦管高楼月正圆杜牧。
胡蝶梦中家万里崔涂，
依然，
老去愁来强自宽杜甫。

明镜借红颜李商隐，
须著人间比梦间韩愈。
蜡烛半笼金翡翠李商隐，
更阑，
绣被焚香独自眠李商隐。

【校】右（集句）三首元本无注，从毛本。

菩萨蛮

七夕朝天门上作。

画檐初挂弯弯月，
孤光未满先忧缺。
遥认玉帘钩，
天孙梳洗楼。

佳人言语好，
不愿求新巧。
此恨固应知，
愿人无别离。

【校】毛本题作“新月”，“遥”作“还”。

又

七夕

风回仙驭云开扇，
更阑月堕星河转。
枕上梦魂惊，
晓来疏雨零。

相逢虽草草，
长共天难老。
终不羡人间，
人间日似年。

【校】毛本“驭云”二字阙。“堕”作“坠”，“来”作“檐”，“日”作“夜”。

又

城隅静女何人见，
先生日夜歌彤管。
谁识蔡姬贤，
江南顾彦先。

先生那久困，
汤沐须名郡。
惟有谢夫人，
从来是拟伦。

【校】毛本题作“有寄”。“是”作“见”。

又

绣帘高卷倾城出，
灯前潋滟横波溢。
皓齿发清歌，
春愁入翠蛾。

凄音休怨乱，
我已无肠断。
遗响下清虚，
累累一串珠。

【校】毛本题作“歌妓”。“愁”作“山”，“我已”二句作“我已先偷玩，梅萼月窗虚”。

又

回文

落花闲院春衫薄，
薄衫春院闲花落。
迟日恨依依，
依依恨日迟。

梦回莺舌弄，
弄舌莺回梦。
邮便问人羞，
羞人问便邮。

又

火云凝汗挥珠颗，
颗珠挥汗凝云火。
琼暖碧纱轻，
轻纱碧暖琼。

晕腮嫌枕印，
印枕嫌腮晕。
闲照晚妆残，
残妆晚照闲。

【校】毛本题作“夏景回文”。

又

峤南江浅红梅小，
小梅红浅江南峤。
窥我向疏篱，
篱疏向我窥。

老人行即到，
到即行人老。
离别惜残枝，
枝残惜别离。

【校】毛本题作“回文”。

又

回文四时闺怨

翠鬟斜幔云垂耳，
耳垂云幔斜鬟翠。
春晚睡昏昏，
昏昏睡晚春。

细花梨雪坠，
坠雪梨花细。
颦浅念谁人，
人谁念浅颦。

【校】毛本题作“回文春闺怨”。

又

柳庭风静人眠昼，
昼眠人静风庭柳。
香汗薄衫凉，
凉衫薄汗香。

手红冰碗藕，
藕碗冰红手。
郎笑藕丝长，
长丝藕笑郎。

【校】毛本题作"回文夏闺怨"。二"碗"字俱作"腕"。

又

井桐双照新妆冷，
冷妆新照双桐井。
羞对井花愁，
愁花井对羞。

影孤怜夜永，
永夜怜孤影。
楼上不宜秋，
秋宜不上楼。

【校】毛本题作“回文秋闺怨”。“桐”作“梧”，“秋”作“愁”。

又

雪花飞暖融香颊，
颊香融暖飞花雪。
欺雪任单衣，
衣单任雪欺。

别时梅子结，
结子梅时别。
归不恨开迟，
迟开恨不归。

【校】毛本题作“回文冬闺怨”。

又

娟娟侵鬓妆痕浅，
双鬟相媚弯如翦。
一瞬百般宜，
无论笑与啼。

酒阑思翠被，
特故腾腾地。
生怕促归轮，
微波先泥人。

【校】元本无。

又

咏足

涂香莫惜莲承步，

长愁罗袜凌波去。

只见舞回风，

都无行处踪。

【校】元本无。

偷穿宫样稳，

并立双趺困。

纤妙说应难，

须从掌上看。

又

【校】元本无。

玉镮坠耳黄金饰，
轻衫罩体香罗碧。
缓步困春醪，
春融脸上桃。

花钿从委地，
谁与郎为意。
长爱月华清，
此时憎月明。

浣溪沙

重九

珠桧丝杉冷欲霜，
山城歌舞助凄凉。
且餐山色饮湖光。

共挽朱轓留半日，
强揉青蕊作重阳。
不知明日为谁黄。

【校】毛本题作“九月九日二首”。

又

霜鬓真堪插拒霜，
哀弦危柱作《伊》《凉》。
暂时流转为风光。

未遣清尊空北海，
莫因长笛赋山阳。
金钗玉腕泻鹅黄。

【校】元本"哀"作"衰"，从毛本。毛本题作"和前韵"。

又

傅粉郎君又粉奴，
莫教施粉与施朱。
自然冰玉照香酥。

有客能为《神女赋》，
凭君送与雪儿书。
梦魂东去觅桑榆。

【校】毛本题作“有感”。

又

咏橘

菊暗荷枯一夜霜，
新苞绿叶照林光。
竹篱茅舍出青黄。

香雾噀人惊半破，
清泉流齿怯初尝。
吴姬三日手犹香。

又

道字娇讹语未成，
未应春阁梦多情。
朝来何事绿鬟倾。

彩索身轻长趁燕，
红窗睡重不闻莺。
困人天气近清明。

【校】毛本题作“春情”。“语”作“苦”。

又

桃李溪边驻画轮，
鹧鸪声里倒清尊。
夕阳虽好近黄昏。

香在衣裳妆在臂，
水连芳草月连云。
几时归去不销魂。

【校】毛本题作“春情”。“时”作“人”。

又

四面垂杨十里荷，
问云何处最花多？
画楼南畔夕阳过。

天气乍凉人寂寞，
光阴须得酒消磨。
且来花里听笙歌。

【校】毛本题作“荷花”。“过”作“和”。

又

怪见眉间一点黄，
诏书催发羽书忙。
从教娇泪洗红妆。

上殿云霄生羽翼，
论兵齿颊带风霜。
归来衫袖有天香。

【校】毛本题作“有赠”。“怪”作“惟”。

又

送梅庭老赴上党学官

门外东风雪洒裾，
山头回首望三吴。
不应弹铗为无鱼。

上党从来天下脊，
先生元是古之儒。
时平不用鲁连书。

【校】毛本题“上党”作“潞州”。

又

端午

轻汗微微透碧纨，
明朝端午浴芳兰。
流香涨腻满晴川。

彩线轻缠红玉臂，
小符斜挂绿云鬟。
佳人相见一千年。

又

徐邈能中酒圣贤，
刘伶席地幕青天。
潘郎白璧为谁连？

无可奈何新白发，
不如归去旧青山。
恨无人借买山钱。

【校】毛本题作"感旧"。

又

倾盖相逢胜白头，
故山空复梦松楸。
此心安处是菟裘。

卖剑买牛吾欲老，
乞浆得酒更何求。
愿为同社宴春秋。

【校】毛本题作“自适”，“吾”作“真”，“同”作“辞”。

又

炙手无人傍屋头，
萧萧晚雨脱梧楸。
谁怜季子敝貂裘。

顾我已无当世望，
似君须向古人求。
岁寒松柏肯惊秋。

【校】毛本题作“寓意和前韵”。

又

画隼横江喜再游，
老鱼跳槛识清讴。
流年未肯付东流。

黄菊篱边无怅望，
白云乡里有温柔。
挽回霜鬓莫教休。

【校】毛本题作“即事”。

又

入袂轻风不破尘，
玉簪犀璧醉佳辰。
一番红粉为谁新？

团扇不堪题往事，
柳丝那解系行人。
酒阑滋味似残春。

【校】元本“风”作“飘”，从毛本。毛本题作“端午”，“不堪”作“只堪”。

又

风卷珠帘自上钩，
萧萧乱叶报新秋。
独携纤手上高楼。

缺月向人舒窈窕，
三星当户照绸缪。
香生雾縠见纤柔。

【校】毛本题作“新秋”。

又

玄真子渔父云，西塞山边白鸟飞，桃花流水鳜鱼肥。青箬笠，绿蓑衣，斜风细雨不须归。此语妙绝，恨莫能歌者，故增数语，令以《浣溪沙》歌之。

西塞山边白鹭飞，
散花洲外片帆微。
桃花流水鳜鱼肥。

自庇一身青箬笠，
相随到处绿蓑衣。
斜风细雨不须归。

【校】元本无题，从毛本。毛本注云："或刻黄山谷。"

又

方响

花满银塘水漫流，
犀槌玉板奏《凉州》。
顺风环佩过秦楼。

远汉碧云轻漠漠，
今宵人在鹊桥头。
一声敲彻绛河秋。

【校】元本无。

又

几共查梨到雪霜，
一经题品便生光。
木奴何处避雌黄。

【校】元本无。

北客有来初未识，
南金无价喜新尝。
含滋嚼句齿牙香。

又

山色横侵蘸晕霞，
湘川风静吐寒花。
远林屋散尚啼鸦。

梦到故园多少路，
酒醒南望隔天涯。
月明千里照平沙。

【校】元本无。

又

晚菊花前敛翠蛾，
挼花传酒缓声歌。
柳枝团扇别离多。

拥髻凄凉论旧事，
曾随织女度银梭。
当年今夕奈愁何。

【校】元本无。毛本题作“重阳”。

南歌子

日薄花房绽，
风和麦浪轻。
夜来微雨洗郊坰，
正是一年春好近清明。

已改煎茶火，
犹调入粥饧。
使君高会有余清，
此乐无声无味最难名。

【校】毛本题作“晚春”。

又

师唱谁家曲，
宗风嗣阿谁？
借君拍板与门槌，
我也逢场作戏莫相疑。

溪女方偷眼，
山僧莫皱眉。
却愁弥勒下生迟，
不见老婆三五少年时。

【校】元本题作“冷斋夜话：东坡镇钱塘，无日不在西湖。尝携妓谒大通禅师，大通愠于色，东坡作长短句，令妓歌之”。毛本略同，“皱”作“贬”。

【注】《诗集》查注：杭州净慈寺善本禅师，赐号大通禅师。《冷斋夜话》：仲殊和词曰：“解舞《清平乐》，如今说向谁？红炉片雪上钳锤，打就金毛狮子也堪疑。木女明开眼，泥人暗皱眉。蟠桃已是著花迟，不向东风一笑待何时。”

又

紫陌寻春去，
红尘拂面来。
无人不道看花回，
惟见石榴新蕊一枝开。

冰簟堆云髻，
金尊滟玉醅。
绿阴青子莫相催，
留取红巾千点照池台。

【校】毛本题作“暮春”。

又

笑怕蔷薇罥，
行忧宝瑟僵。
美人依约在西厢，
只恐暗中迷路认余香。

【校】毛本题作“有感”。

午夜风翻幔，
三更月到床。
簟纹如水玉肌凉，
何物与侬归去有残妆。

又

寸恨谁云短，
绵绵岂易裁。
半年眉绿未曾开，
明月好风闲处是人猜。

春雨消残冻，
温风到冷灰。
尊前一曲为谁回，
留取曲中一拍待君来。

【校】毛本题作“感旧”。“回”作“哉”。

又

楚守周豫出舞鬟

绀绾双蟠髻，
云攲小偃巾。
轻盈红脸小腰身，
叠鼓忽催花拍斗精神。

空阔轻红歇，
风和约柳春。
蓬山才调更清新，
胜似缠头千锦共藏珍。

【校】毛本题“舞鬟”下有“因作二首赠之”六字。

又

【校】毛本题作“同前”。

琥珀装腰佩，
龙香入领巾。
只应飞燕是前身，
共看剥葱纤手舞凝神。

柳絮风前转，
梅花雪里春。
鸳鸯翡翠两争新，
但得周郎一顾胜珠珍。

又

【校】元本无。毛本题作“舞妓”。

云鬟裁新绿，
霞衣曳晓红。
待歌凝立翠筵中，
一朵彩云何事下巫峰。

趁拍鸾飞镜，
回身燕漾空。
莫翻红袖过帘栊，
怕被杨花勾引嫁东风。

又

见说东园好，
能消北客愁。
虽非吾土且登楼，
行尽江南南岸此淹留。

短日明枫缬，
清霜暗菊球。
流年回首付东流，
凭仗挽回潘鬓莫教秋。

【校】元本无。

江城子

银涛无际卷蓬瀛。
落霞明，暮云平。
曾见青鸾，紫凤下层城。
二十五弦弹不尽，
空感慨，惜离情。

苍梧烟水断归程。
卷霓旌，为谁迎？
空有千行，流泪寄幽贞。
舞罢鱼龙云海晚，
千古恨，入江声。

【校】案是阕又见《石林词》，元本无。

又

墨云拖雨过西楼。
水东流，晚烟收。
柳外残阳，回照动帘钩。
今夜巫山真个好，
花未落，酒新笃。

美人微笑转星眸。
月华羞，捧金瓯。
歌扇萦风，吹散一春愁。
试问江南诸伴侣，
谁似我，醉扬州。

【校】元本无。毛本"笃"作"刍"。

又

腻红匀脸衬檀唇。
晚妆新，暗伤春。
手捻花枝，
谁会两眉颦。
连理带头双□□，
留待与，个中人。

【校】元本无。

淡烟笼月绣帘阴。
画堂深，夜沉沉。
谁道□□□系得人心。
一自绿窗偷见后，
便憔悴，到如今。

蝶恋花

花褪残红青杏小。
燕子飞时，
绿水人家绕。
枝上柳绵吹又少，
天涯何处无芳草。

墙里秋千墙外道。
墙外行人，
墙里佳人笑。
笑渐不闻声渐悄，
多情却被无情恼。

【校】毛本题作“春景”。“子”作“小”。

又

代人赠别

一颗樱桃樊素口。
不要黄金，
只要人长久。
学画鸦儿犹未就，
眉间已作伤春皱。

扑蝶西园随伴走。
花落花开，
渐解相思瘦。
破镜重来人在否，
章台折尽青青柳。

【校】毛本题作“佳人”。二“要”字俱作“爱”，“间”作“尖”，“来”作“圆”。

又

【校】元本无。毛本题作“离别”。

春事阑珊芳草歇。
客里风光，
又过清明节。
小院黄昏人忆别，
落红处处闻啼鴂。

咫尺江山分楚越。
目断魂销，
应是音尘绝。
梦破五更心欲折，
角声吹落梅花月。

又

同安生日放鱼，取《金光明经》救鱼事。

泛泛东风初破五。
江柳微黄，
万万千千缕。
佳气郁葱来绣户，
当年江上生奇女。

一盏寿觞谁与举。
三个明珠，
膝上王文度。
放尽穷鳞看圉圉，
天公为下曼陀雨。

【校】元本无。

【注】本集《金光明经跋》云：同安郡君王氏讳闰之，字季章。又《祭文》云：致奠于亡妻同安郡君王氏二十七娘之灵。呜呼！昔通义君，没不待年，嗣为兄弟，莫如君贤。王文诰曰：君生于庆历八年戊子，乃通义君堂妹也。

又

记得画屏初会遇。
好梦惊回，
望断高唐路。
燕子双飞来又去，
纱窗几度春光暮。

【校】元本无。

那日绣帘相见处。
低眼佯行，
笑整香云缕。
敛尽春山羞不语，
人前深意难轻诉。

又

昨夜秋风来万里。
月上屏帏，
冷透人衣袂。
有客抱衾愁不寐，
那堪玉漏长如岁。

【校】元本无。

羁舍留连归计未。
梦断魂消，
一枕相思泪。
衣带渐宽无别意，
新书报我添憔悴。

又

玉枕冰寒消暑气。
碧簟纱厨，
向午朦胧睡。
莺舌惺忪如会意，
无端画扇惊飞起。

【校】元本无。

雨后初凉生水际。
人面桃花，
的的遥相似。
眼看红芳犹抱蕊，
丛中已结新莲子。

又

雨霰疏疏经泼火。
巷陌秋千，
犹未清明过。
杏子梢头香蕾破，
淡红褪白胭脂涴。

苦被多情相折挫。
病绪厌厌，
浑似年时个。
绕遍回廊还独坐，
月笼云暗重门锁。

【校】元本无。

又

蝶懒莺慵春过半。
花落狂风，
小院残红满。
午醉未醒红日晚，
黄昏帘幕无人卷。

【校】元本无。

云鬓鬅松眉黛浅。
总是愁媒，
欲诉谁消遣。
未信此情难系绊，
杨花犹有东风管。

减字木兰花

云鬟倾倒，
醉倚阑干风月好。
凭仗相扶，
误入仙家碧玉壶。

连天衰草，
下走湖南西去道。
一舸姑苏，
便逐鸱夷去得无。

【校】毛本题作“寓意”。“下”作“不”。

又

西湖食荔支

闽溪珍献，
过海云帆来似箭。
玉坐金盘，
不贡奇葩四百年。

轻红酽白，
雅称佳人纤手擘。
骨细肌香，
恰是当年十八娘。

【校】毛本"酽"作"酿"。

【注】本集《次韵曾仲锡承议食蜜渍生荔支》诗："攀条与立新名字，儿女称呼恐不经。"自注："俗有十八娘荔支。"

又

送赵令

春光亭下，
流水如今何在也。
岁月如梭，
白首相看拟奈何。

故人重见，
世事年来千万变。
官况阑珊，
惭愧青松守岁寒。

又

晓来风细，
不会鹊声来报喜。
却羡寒梅，
先觉春风一夜来。

香笺一纸，
写尽回纹机上意。
欲卷重开，
读遍千回与万回。

【校】毛本题作“得书”。

又

天台旧路，
应恨刘郎来又去。
别酒频倾，
忍听《阳关》第四声。

刘郎未老，
怀恋仙乡重得到。
只恐因循，
不见而今劝酒人。

【校】毛本题作“送别”。“而”作“如”。

又

琵琶绝艺，
年纪都来十一二。
拨弄幺弦，
未解将心指下传。

主人瞋小，
欲向春风先醉倒。
已属君家，
且更从容等待他。

【校】毛本题作“赠小鬟琵琶”。“纪”作“记”，“春”作“东”。

又

雪

云容皓白，
破晓玉英纷似织。
风力无端，
欲学杨花更耐寒。

相如未老，
梁苑犹能陪俊少。
莫惹闲愁，
且折江梅上小楼。

【校】毛本题作“雪词”。“云”作“雪”。

又

玉房金蕊，

宜在玉人纤手里。

淡月朦胧，

更有微微弄袖风。

温香熟美，

醉慢云鬟垂两耳。

多谢春工，

不是花红是玉红。

又

以大琉璃杯劝王仲翁

海南奇宝，
铸出团团如栲栳。
曾到昆仑，
乞得山头玉女盆。

绛州王老，
百岁痴顽推不倒。
海口如门，
一派黄流已电奔。

【校】毛本无。

又

琴

神闲意定，
万籁收声天地静。
玉指冰弦，
未动宫商意已传。

悲风流水，
写出寥寥千古意。
归去无眠，
一夜余音在耳边。

【校】元本无。

又

银筝旋品，

不用缠头千尺锦。

妙思如泉，

一洗闲愁十五年。

【校】元本无。

为公少止，

起舞属公《公莫》起。

风里银山，

摆撼鱼龙我自闲。

又

莺初解语，
最是一年春好处。
微雨如酥，
草色遥看近却无。

休辞醉倒，
花不看开人易老。
莫待春回，
颠倒红英间绿苔。

【校】元本无。

又

江南游女，
问我何年归得去。
雨细风微，
两足如霜挽纻衣。

【校】元本无。

江亭夜语，
喜见京华新样舞。
莲步轻飞，
迁客今朝始是归。

行香子

茶词

绮席才终，欢意犹浓。
酒阑时、高兴无穷。
共夸君赐，初拆臣封。
看分香饼，
黄金缕，密云龙。

斗赢一水，功敌千钟。
觉凉生、两腋清风。
暂留红袖，少却纱笼。
放笙歌散，
庭馆静，略从容。

【校】毛本题下注云：“密云龙，茶名，极为甘馨。宋廖正一字明略，晚登苏东坡之门，公大奇之。时黄、秦、晁、张号‘苏门四学士’，东坡待之厚，每来必令侍妾朝云取密云龙，家人以此知之。一日，又命取密云龙，家人谓是四学士，窥之，乃廖明略也。”

又

三入承明，四至九卿，
问儒生、何辱何荣？
金张七叶，纨绮貂缨。
无汗马事，
不献赋，不明经。

成都卜肆，寂寞君平。
郑子真、岩谷躬耕。
寒灰炙手，人重人轻。
除竺乾学，
得无念，得无名。

【校】毛本题作“寓意”。“儒”作“书”。

又

【校】毛本题作“述怀”。“虚”作“休”。

清夜无尘，月色如银。
酒斟时、须满十分。
浮名浮利，虚苦劳神。
叹隙中驹，
石中火，梦中身。

虽抱文章，开口谁亲。
且陶陶、乐尽天真。
几时归去，作个闲人。
对一张琴，
一壶酒，一溪云。

又

病起小集

昨夜霜风，先入梧桐。
浑无处、回避衰容。
问公何事，不语书空。
但一回醉，
一回病，一回慵。

朝来庭下，飞英如霰。
似无言、有意催侬。
都将万事，付与千钟。
任酒花白，
眼花乱，烛花红。

【校】毛本题作“秋兴”，“昨”作“凉”，“朝”作“秋”，“飞英如霰”作“光阴如箭”，“催”作“伤”。

点绛唇

【校】元本无。毛本题作“杭州”。

闲倚胡床，
庾公楼外峰千朵。
与谁同坐，
明月清风我。

别乘一来，
有唱应须和。
还知么，自从添个，
风月平分破。

又

红杏飘香，
柳含烟翠拖金缕。
水边朱户，
门掩黄昏雨。

烛影摇风，
一枕伤春绪。
归不去，凤楼何处，
芳草迷归路。

【校】元本无。毛本注云："或刻贺方回。"

又

醉漾轻舟，
信流引到花深处。
尘缘相误，
无计花间住。

烟水茫茫，
千里斜阳暮。
山无数，乱红如雨，
不记来时路。

【校】编者按：此后二词，毛本注云：俱秦淮海作，依宋本删。《彊村丛书》本亦依毛说删去。今从元本补。

又

月转乌啼，
画堂宫徵生离恨。
美人愁闷，
不管罗衣褪。

清泪斑斑，
挥断柔肠寸。
嗔人问，背灯偷揾，
拭尽残妆粉。

皂罗特髻

采菱拾翠，算似此佳名，
阿谁消得。
采菱拾翠，称使君知客。
千金买、采菱拾翠，
更罗裙、满把珍珠结。
采菱拾翠，正髻鬟初合。

真个采菱拾翠，
但深怜轻拍。
一双子、采菱拾翠，
绣衾下、抱著俱香滑。
采菱拾翠，待到京寻觅。

【校】毛本题作“采菱拾翠”。“子”作“手”。

虞美人

定场贺老今何在，
几度新声改。
怨声坐使旧声阑，
俗耳只知繁手不须弹。

断弦试问谁能晓，
七岁文姬小。
试教弹作辊雷声，
应有开元遗老泪纵横。

【校】毛本题作“琵琶”，“怨”作“新”。

又

落花已作风前舞，
又送黄昏雨。
晓来庭院半残红，
惟有游丝千丈袅晴空。

殷勤花下重携手，
更尽杯中酒。
美人不用敛歌眉，
我亦多情无奈酒阑时。

【校】案是阕又见《石林词》，元本无。

又

冰肌自是生来瘦，
那更分飞后。
日长帘幕望黄昏，
及至黄昏时候、转消魂。

【校】元本无。

君还知道相思苦，
怎忍抛奴去？
不辞迢递过关山，
只恐别郎容易、见郎难。

又

深深庭院清明过，
桃李初红破。
柳丝搭在玉阑干，
帘外潇潇微雨做轻寒。

【校】元本无。

晚晴台榭增明媚，
已拼花前醉。
更阑人静月侵廊，
独自行来行去好思量。

又

持杯遥劝天边月，
愿月圆无缺。
持杯更复劝花枝，
且愿花枝长在莫离披。

【校】元本无。

持杯月下花前醉，
休问荣枯事。
此欢能有几人知，
对酒逢花不饮待何时。

如梦令

为向东坡传语，
人在玉堂深处。
别后有谁来，
雪压小桥无路。
归去，归去，
江上一犁春雨。

【校】毛本题作“有寄”。“玉”作“画”。

又

手种堂前桃李，
无限绿阴青子。
帘外百舌儿，
惊起五更春睡。
居士，居士，
莫忘小桥流水。

【校】毛本题作“春思”。

又

题淮山楼

城上层楼叠巘，
城下清淮古汴。
举手揖吴云，
人与暮天俱远。
魂断，魂断，
后夜松江月满。

【校】元本无。

阮郎归

绿槐高柳咽新蝉，
薰风初入弦。
碧纱窗下水沉烟，
棋声惊昼眠。

微雨过，小荷翻，
榴花开欲然。
玉盆纤手弄清泉，
琼珠碎却圆。

【校】毛本题作“初夏”。“却”作“又”。

又

梅花

暗香浮动月黄昏，
堂前一树春。
东风何事入西邻，
儿家常闭门。

雪肌冷，玉容真，
香腮粉未匀。
折花欲寄岭头人，
江南日暮春。

【校】元本末字作“春”韵，与毛本同，注云：“一作云”，据改。毛本题作“集句梅花”。“岭”作“陇”。

诉衷情

海棠珠缀一重重，
清晓近帘栊。
胭脂谁与匀淡，
偏向脸边浓。

看叶嫩，惜花红，
意无穷。
如花似叶，岁岁年年，
共占春风。

【校】毛本题作“海棠”，注云：“或刻晏同叔。”

又

小莲初上琵琶弦，
弹破碧云天。
分明绣阁幽恨，
都向曲中传。

肤莹玉，鬓梳蝉，
绮窗前。
素娥今夜，故故随人，
似斗婵娟。

【校】毛本题作“琵琶女”。

谒金门

秋帷里，
长漏伴人无寐。
低玉枕凉轻绣被，
一番秋气味。

晓色又侵窗纸，
窗外鸡声初起。
声断几声还到耳，
已明声未已。

【校】毛本题作“秋夜”。元本无“初”字，从毛本。

又

秋池阁，
风傍晓庭帘幕。
霜叶未衰吹未落，
半惊鸦喜鹊。

自笑浮名情薄，
似与世人疏略。
一片懒心双懒脚，
好教闲处著。

【校】毛本题作“秋兴”。元本无“似”字，从毛本。

又

今夜雨，
断送一年残暑。
坐听潮声来别浦，
月明何处去？

孤负金尊绿醑，
来岁今宵圆否？
酒醒梦回愁几许，
夜阑还独语。

【校】毛本题作“秋感”。“月明”作“明朝”。

好事近

烟外倚危楼，
初见远灯明灭。
却跨玉虹归去、
看洞天星月。

当时张范风流在，
况一尊浮雪。
莫问世间何事、
与剑头微吷。

【校】元本无。

天仙子

走马探花花发未，
人与化工俱不易。
千回来绕百回看，
蜂作婢，莺为使，
谷雨清明空屈指。

白发卢郎情未已，
一夜翦刀收玉蕊。
尊前还对断肠红，
人有泪，花无意，
明日酒醒应满地。

【校】毛本无。

翻香令

金炉犹暖麝煤残，
惜香更把宝钗翻。
重闻处，余熏在，
这一番、气味胜从前。

背人偷盖小蓬山，
更将沉水暗同然。
且图得，氤氲久，
为情深、嫌怕断头烟。

【校】元本题下注曰："此词苏次言传于伯固家，云老人自制腔名。"

桃源忆故人

华胥梦断人何处，
听得莺啼红树。
几点蔷薇香雨，
寂莫闲庭户。

暖风不解留花住，
片片著人无数。
楼上望春归去，
芳草迷归路。

【校】毛本调名作《虞美人影》，题作“暮春”。

调笑令

效韦应物体

渔父，渔父，
江上微风细雨。
青蓑黄蒻裳衣，
红酒白鱼暮归。
归暮，归暮，
长笛一声何处？

【校】元本、毛本二首俱误合为一。案韦词亦作二首，据改。元本“暮归”作“归暮”，从毛本。

又

归雁，归雁，
饮啄江南南岸。
将飞却下盘桓，
塞外春来苦寒。
寒苦，寒苦，
藻荇欲生且住。

【校】元本“苦寒”作“寒苦”，从毛本。毛本“桓”作“旋”。

荷花媚

霞苞电荷碧，
天然地、别是风流标格。
重重青盖下。
千娇照水，好红红白白。

每怅望、明月清风夜，
甚低迷不语，夭邪无力。
终须放、船儿去，
清香深处住，看伊颜色。

【校】案元本题作“湖州贾耘老小妓号双荷叶”，盖涉《双荷叶》词误衍。毛本题作“荷花”。“电”作“霓”，“怅”作“恨”。

占春芳

红杏了，

夭桃尽，独自占春芳。

不比人间兰麝，

自然透骨生香。

对酒莫相忘，

似佳人兼合明光。

只忧长笛吹花落，

除是宁王。

【校】元本无。

一斛珠

洛城春晚，
垂杨乱掩红楼半。
小池轻浪纹如篆，
烛下花前，曾醉离歌宴。

自惜风流云雨散，
关山有限情无限。
待君重见寻芳伴，
为说相思，目断西楼燕。

【校】元本无。案《一斛珠》即《醉落魄》，毛本分列，仍之。

意难忘

花拥鸳房，记驼肩髻小，
约鬓眉长。
轻身翻燕舞，低语啭莺簧。
相见处，便难忘，
肯亲度瑶觞？
向夜阑、歌翻郢曲，
带换韩香。

别来音信难将，
似云收楚峡，雨散巫阳。
相逢情有在，不语意难量。
些个事，断人肠，
怎禁得恓惶？
待与伊、移根换叶，
试又何妨。

【校】元本无。毛本题作“妓馆”。

致读者

本书以1922年归安朱孝臧刊本《彊村丛书》之《东坡乐府》为底本进行整理。以《东坡乐府笺》《苏轼词编年校注》等书为参校本，重点对底本的异文、字词、编年顺序等进行整理，底本中明显的错讹和异体字、古体字，统一改为通行的规范简化字。

在底本原有编年基础上，新增苏辙所撰《亡兄子瞻端明墓志铭》一篇，以便您对苏轼一生有更全面的了解。同时，为了让您能结合苏轼一生际遇起伏，看到其词作风格的转变，我们以《苏轼年谱》《宋人所撰三苏年谱汇刊》等书为参考，重新编写了苏轼的生平大事记，并与东坡词的编年同步。

卷一、卷二中收录东坡词204首，“以年为经而纬以词”，按年代顺序排列。精选10幅苏轼书法作品，并依词作顺序列于其中。余下138首无从编年的词作，列为卷三。

图书在版编目（CIP）数据

东坡乐府雅集 /（宋）苏轼著；（清）朱孝臧辑校 .
-- 成都：四川文艺出版社，2021.7
ISBN 978-7-5411-5997-8

Ⅰ . ①东… Ⅱ . ①苏… ②朱… Ⅲ . ①宋词—选集
Ⅳ . ①I222.844

中国版本图书馆 CIP 数据核字（2021）第 124401 号

DONGPO YUEFU YAJI

东坡乐府雅集

［宋］苏轼　著　［清］朱孝臧　辑校

出 品 人　张庆宁
责任编辑　陈雪媛
特约监制　朱　笛
特约编辑　曹　海
装帧设计　白凤鹍
责任校对　汪　平

出版发行　四川文艺出版社（成都市槐树街 2 号）
网　　址　www.scwys.com
电　　话　028-86259287（发行部）　028-86259303（编辑部）
传　　真　028-86259306

邮购地址　成都市槐树街 2 号四川文艺出版社邮购部　610031
印　　刷　河北鹏润印刷有限公司
成品尺寸　130mm × 210mm　　开　　本　32 开
印　　张　14.25　　字　　数　123 千
版　　次　2021 年 7 月第一版　　印　　次　2021 年 7 月第一次印刷
书　　号　ISBN 978-7-5411-5997-8
定　　价　128.00 元